Eva Strittmatter

Liebe und Haß
Die geheimen Gedichte

Eva Strittmatter

Liebe und Haß

Die geheimen Gedichte

1970–1990

Aufbau-Verlag

ISBN 3-351-02894-6

2. Auflage 2000

Einbandgestaltung Henkel/Lemme
Druck und Binden GGP Media, Pößneck
Printed in Germany

www.aufbau-verlag.de

Es ist von großer Bedeutung
für Werke wie für Menschen,
nicht aktuell zu sein.

Henry de Montherlant

Fluch

Nein, du vergißt mich nicht.
Verrat ist möglich. Doch Vergessen nein.
Zerstör mein Bild. Lösch mein Gesicht.
Da wo du bist, werde ich sein.

Niemals entkommst du meinen Worten.
Sie folgen dir nach als Gedicht
Noch zu den fernsten fernen Orten.
Versuch es: du vergißt mich nicht.

Kontur

Die geheimen Tragödien, die wir durchleben,
Von denen kein anderer jemals erfährt,
Sie sind es, die uns Konturen geben:
Was nicht geschieht, wird niemals verjährt –

Hat einer uns die Treue gebrochen,
Mit dem wir durch nichts verbunden waren
Als durch drei Worte, die er uns gesprochen,
Und keiner wird es jemals erfahren,

Das kann uns zermalmen wie zwischen Steinen.
Es ist nichts geschehn. Es wird nichts geschehn.
Wir dürfen nicht schreien, wir dürfen nicht weinen.
Wir fangen nur an, anders auszusehn.

Fabel

Kurz hast du mein Leben belichtet.
Die Liebe war aber erdichtet.
Du hast auf die Lüge verzichtet.
Wer Schwäche zeigt, wird vernichtet.
Und niemand ist niemand verpflichtet.
Und überhaupt war nichts.

Morgens, Abends

Eines Morgens siehst du: aus der Schonung wurde ein
Wald.
Eines Abends begreifst du: diesen Sommer wurdest du alt.
Dem Juniende sind schon Spuren von Herbst beigemischt.
Die langen langen Regen haben die Zeiten verwischt.
Die roten Rosen weinen und welken ohne Duft.
Würde die Sonne scheinen, röteten sie die Luft.
Eines Morgens siehst du das erste gilbende Blatt.
Eines Abends begreifst du, daß einer dich nicht geliebt hat.
Deine nässekalten Hände halten einander fest.
Niemals ist alles zu Ende, immer bleibt noch ein Rest,
Eine Rose nach dem Regen und manchmal nach dem
Schnee.
Man muß sich weiterbewegen, das ist, was ich versteh.
Eines Morgens siehst du, der Himmel ist blau über dir.
Eines Abends begreifst du, was das heißt, du bist noch *hier*.

Schweigen I

Das war meine letzte Verirrung:
Ich will das Alter bejahen.
Schön warn Verrat und Verwirrung
Und die Dinge, die mit uns geschahen.

Vorbei, vergangen, vorüber.
Der bessere Ausdruck ist Schweigen.
Das Leben wird ferner und trüber.
Und bitter wie immer die Neigen.

Wahn I

Der Rosenstrauch hat rote Triebe:
Aus altem Holz treibt junges Holz.
Doch aus der toten Vorjahrsliebe
Treibt nur noch schwarz verletzter Stolz.

Die Nacht ist unbewacht, es regnet.
Es regnet Grün die ganze Nacht.
Was mir im Vorjahr grün begegnet,
Das hat mich alt und grau gemacht.

Der Frühling kommt nach dem Kalender,
Die Rosen treiben aus nach Plan.
Gebt mir Gesetz, daß ich es änder:
Ein Jahr zurück zu Glück und Wahn!

Dieser Herbst

Laß nur die letzte Rose noch
An meinem Rosenstrauch verblühn.
Die frühen Fröste schneiden Zeichen:
Verbleichen
Werden Gras und Grün.

Es regnet Wochen.
Tage und Tage. Nächte lang.
Etwas ist diesen Herbst zerbrochen.
Ein ungesungnes Lied
Verklang.

Memory

Einerseits ist es immer noch wahr,
Daß ich dich niemals vergesse.
Andererseits vergeht Jahr um Jahr.
Das Maß, mit dem ich messe,
Hat andre Gewichte. Vielleicht bin ich weiser,
Als ich *damals* gewesen bin.
Auch die lautlosen Schreie werden jetzt leiser.
Doch manchmal stürzt du in meinen Sinn
Vulkanisch als Lohe und Lava und Brand.
Eine seismische Welle läuft über mich hin
Und verebbt in der hastig verborgenen Hand.

Beschwörung

Sie haben so seltsame Augen.
Die hätten Sie besser nicht.
(Gefleckte Tigerlilien.
Mond. Magisches Licht.)
Die Augen eines Hexers.
(Ich bin von Sünde frei.)
Sie haben mich angesehen.
Alter Mann. Nun gehn Sie vorbei.

Makedonische Geigen

Ich erinnre mich: es ist Sommer gewesen.
Ich hatte im Spiegel ein andres Gesicht.
Ich war von der Krankheit des Mißmuts genesen.
Ich wurde geliebt und brauchte es nicht.

Wenn sich Gefühle einfrieren ließen!
Man hungert nach ihnen winters viel mehr
Als je im Sommer, dem sie entsprießen.
Erinnrung ist wenig. Zu leicht und zu schwer …

Ich erinnere mich an jemandes Hände,
An eines Augen und seinen Mund.
Die weißen Briefe, die ich ihm sende,
Verraten es nicht. Er hat keinen Grund,

Mich zu belächeln. Ich gebe mich weise
Und kultiviere die Konvention.
Die Worte sind rund, ihr Anschlag ist leise.
Doch haben sie einen Nebenton,

Der dissonant ist. Zerreißende Saiten
Makedonischer Geigen um Mitternacht:
Schrill schrein die verschenkten Vergangenheiten.
Die Liebe weint, die ich einst verlacht.

Nachher

Keiner schreibt, keiner ruft an.
Ich bin vergessen, vergangen.
Was man nie vorher wissen kann:
Es hat nicht angefangen.

Es war nicht mehr als die Tasse Tee,
Die wir miteinander hatten.
Um wahr zu sein, Freund: Auch ich seh
Dich nur noch als den Schatten

Des Lichts, das neulich um uns war.
Wie siehst du eigentlich aus?
Das *Wirkliche* ist das ernste Jahr
Und die einsame Arbeit zu Haus.

Der Rausch aus Reden und aus Lachen,
Die Liebe im und aus dem Wort –
Wir wolln daraus kein Drama machen:
Etwas war da und ist nun fort.

Grammatische Geschichte

Wer oder was?
Sprich nur vom Gras.
Was oder wen?
Nichts ist geschehn.
Wen und wozu?
So gib schon Ruh.
Wozu und wann?
Es fing nicht an.
Wann und worauf?
Es hört nicht auf.

Schattenriß

Dämmerstunde Dezember.
Mondbleiche weiß bereift.
Glühende Asche *ember*.
Von etwas wie Liebe gestreift.

Blau blühende Trichterwinden
In einem Orangenstrauch.
Das Leben kann lösen und binden.
Uns band und löste es auch.

Dezember Dämmerstunde.
Blaue Erinnernis.
Orangen duften am Grunde
Vor deinem Schattenriß.

Nachtigallenmond

Der hoffnungslose Mond bescheint mich.
Wie unsinnig das ist und doch: wie schön.
Man nennt den Mond und man verneint sich.
Auf diese Weise ist man nicht zu sehn.

Man kann auch sagen: Nachtigallenmond,
Kasachenmond und Hirtenmond im Schnee.
Man lächelt über sich. Es weint sich
Dann leichter und tut nicht so weh.

Weißer Schwan

Die eine Saite singt: Ich will.
Die andre Saite: Soll ich nicht?
Die Hexengeige, zweibespannt,
Und das kasachische Gesicht.

In Wirklichkeit ist alles einfach:
Der Blutpuls und der Apfelkern,
Aus dem der Baum kam, unter dem wir
Verlorn sind wie auf einem Stern.

Und die Musik heißt: *Weißer Schwan*
Und ist so jenseits von Musik
Und schmerzt wie Tode, die geschahn
Durch einen unbeherrschten Blick.

Fantasie

Der Zigeuner kommt nicht,
Auf den ich warte.
Ein anderer wird kommen
Mit einem deutschen Barte
Und seiner deutschen Tugend:
Der deutschen Pünktlichkeit.
Aber nicht der Zigeuner.
Er ist außer der Zeit.
Mein Fantasiegefährte:
Lächelnde Gefahr
Mit lügnerischen Augen
Und Wind im Rabenhaar.

Vielleicht

Rettung, wenn Rettung noch möglich ist,
Kommt nur aus mir und sonst nirgendwoher.
Fragt nicht, wenn ihr die Gründe vermißt
Für diesen Tod: Woran starb sie so sehr?

Sterben nicht manche Leute an Leiden,
Die sich der Diagnose entziehn?
Vielleicht liebt immer nur einer von beiden:
Er liebt sie nicht, aber sie liebt ihn.

Im Volkston

Mir ist nicht wohl, mir ist nicht weh.
Und heute fällt der erste Schnee.

Mir ist nicht weh, mir ist nicht wohl.
Ob ich noch einmal lieben soll?

Mir ist nicht wohl, mir ist nicht weh.
Und morgen fällt der letzte Schnee.

Abschied

Eine Träne will ich hinterlegen,
Falls ich nicht mehr wiederkehr.
Und dazu noch meinen Segen.
Nimms, als wär das Wort noch schwer
So wie früher. Wie vor Zeiten.
Denk: ich habe *dich* geliebt.
Laß dein Leben nicht entgleiten.
Wenn es mich auch nicht mehr gibt.

Unfreiheit

Wir leiden leiden unter Liebe.
Wären wir von der Liebe los,
Wären wir los von diesem Zwange,
Wäre die Welt uns wieder groß,
Und wunderbar wie wäre *Freiheit*.
Die letzte Spur von Sklaverei
In unserm Leben kommt von Liebe.
Liebten wir nicht, *wären* wir frei
Und könnten gehn, wohin wir wollten,
Und wären da, wenn man uns braucht.
Wie hoch wir für die *Liebe* zollten.
Wie tief sind wir um *Glück* getaucht.

Saldo

Du liebst immer, wenn es leicht ist.
Wenn es schwer wird, willst du mich verlassen.
Frauenliebe und die Männerliebe
Werden wohl nie ineinanderpassen.
Wir sind fähig, von uns abzusehen.
Ja, ich weiß, das ist uns kein Verdienst.
Urtiertrieb und Zwangsgeschehen,
Etwa so wie sechste Zehen.
Während du zu lieben schienst,
War ich irdisch. Mit den Händen
Tat ich das, was lieben meint.
Und nun halten wir verschiedne Enden
Eines Dings, das uns verneint.

Eis

Der Schnee pfeift unter den Sohlen
Vor Frost und Finsternis.
Ich würde dich heimholen,
Wär in der Welt ein Riß.
Über eine Gletscherspalte
Käme ich zu dir.
Aber da hilft nichts mehr.
Eis ist in dir und mir.

Du

Du bist mein Feind, mein Widersacher.
Du fesselst mich mit Liebe fest.
Mein Feind bist du, mein Widersacher,
Der mich nicht mal im Traum verläßt.

Waage

Ich spüre, wie die Waage zittert:
Erwartung und Erfahrung gleichen
Sich mählich aus. Und wie entbittert
Les ich die alten Lebenszeichen,
Gedichte, die vergangen sind.
Ach, die Erinnerungen bleichen
Und sind nur noch ein kleiner Wind,
Der mich umkühlt. Die Hitzewogen,
Die über uns zusammenschlugen,
Sind wie ein Wetter abgezogen.
Daß wir es damals *doch* ertrugen …
Es schien, die Welt geht aus den Fugen.
Das geht sie nie: nur Zeit verrinnt …
Ein Lächeln bleibt. Und eine Stelle
Tut weh. Was macht das schon?
Auch eine zugewachsne Quelle
Schickt manchmal einen dunklen Ton
Ins *Helle*.

Märchen

Ich habe dich in meine Sorge eingeschlossen,
Mein ferner Freund: achte auf dich.
Wir sind nicht mehr nur Zunftgenossen.
Das, was du tust, tust du für mich
Oder auch gegen mich. So wie *du* handelst,
Wird *mein* Gewissen sein. Im Märchen gibt
Es diese Kraft und du verwandelst
Dich der an, die dich zeitfrei liebt.
Im Märchen ist es eine Blume,
Die welkt bei äußerster Gefahr
Für den, der auszog. Hin zum Ruhme.
Und manchmal sind es sieben Jahr,
Bevor die Blume stirbt und bis der zweite
Dem ersten folgt und rettet ihn.
Das sollst du wissen: Ich begleite
Dich sorgend und hab dir verziehn
Im voraus, was du schuldig werden
Und leiden wirst. *So* denk an mich:
Fällst du in tödliche Beschwerden,
Rufe nach mir. Ich rette dich.

Noch einmal

Nun geht es noch einmal so mit mir:
Verliebte Verrücktheit, verrückte Liebe.
Ich treibe heftige Nebentriebe
Und schmachte Schöner mein Leib nach dir.

Noch sind wir einander nicht angelegen.
Doch wird es geschehn. Es wird noch geschehn.
Wir werden fallen, sobald wir uns sehn.
Und fallend und steigend die Erde bewegen.

Totem

Im kleinen Tann bei den Totemsteinen,
Geheimen Zeichen (ich hab sie gesetzt),
Da stand ich einst, verbrannt und verletzt,
Und machte, um dir *nicht* nachzuweinen,
Sprüche. Sie sind zu Liedern geworden,
Die manchmal zu mir herüberklingen.
Ich mußte, damit heute andere singen,
Mit Worten die heimliche Liebe morden.

Trockener Ast

An einen *bestimmten* Platz
War diese elende Liebe gebunden.
Auf der Kieferninsel im Wiesental
Hatte ich ihr ein Asyl gefunden.

Der trockene Ast, mein einstiger Sitz,
Verwittert, so an den Baumstamm gelehnt
Wie vor sechs Jahren.
My goodness! Hab ich mich damals gesehnt

Nach diesem nordischen Abenteurer,
Den ich in anderen Welten traf
Und den ich wachend nicht mehr erinnre.
Nur manchmal erscheint er mir noch im Schlaf.

Und doch hat er mir mein Leben verändert.
Mein Selbstgefühl erst erhöht, dann zerbrochen.
Als ich durch war durchs Feuer, war ich nicht mehr
verwundbar
Und habe mit sicherer Stimme gesprochen.

Intimität

Intimität der Raucher:
Teilung der Zigaretten.
Das bindet auf Dauer. Fast
Wie Teilung der Leiber und Betten.

Mit wem ich zusammen rauchte
Aus einer Schachtel, der blieb mir nicht fremd.
Vor dem hab ich mich ausgezogen.
Mit Worten. Bis aufs Hemd.

Zwar ist es nur drei Mal geschehen.
Die es betrifft, die wissen Bescheid.
Und außerdem war ich jünger.
Das war vor langer Zeit.

Doch erinnre ich mich an den scharfen
Zigarettenrauch genau.
Einmal im kasachischen Sommer
Unterm Berge Ala-Tau.

Und einmal durchquerten wir Rußland.
Im Bus fuhrn wir übern Waldai.
Und einmal war es in Serbien.
Und ein Bosnier war dabei.

Alle drei waren außerdem Trinker.
Keine Männer für Leben und Dauer.
Doch ich rauchte mit ihnen und nutzte
Sie lachend als Klagemauer.

Es war mir einfach nötig,
Das Gesetz meines Lebens zu brechen.
Ich hatte mich eingemauert
Und mußte von Freiheit sprechen.

Intimität der Raucher:
Teilung der Zigaretten.
Das bindet auf Dauer. Fast
Wie Teilung der Leiber und Betten.

1001 Nacht

Wie lang ist das her, wie weit ist das fort …
Es war ein muselmanischer Ort.
Wie das Schloß eines Beys das Luxushotel …
Liebe mich Leben und liebe mich schnell …
Honey hier ist der Platz um zu lieben.
Spieln wir die Rollen, die uns vorgeschrieben:
Medschnun und Lejla, oder wie sie sonst heißen mögen.
Morgen baden wir Unschuld aus marmornen Trögen …
In der runden *hall* von Fontänen ein Flüstern
Und goldener Lichtwein in Glastraubenlüstern …
Sweetheart hier sind wir. Es ist *diese* Nacht.
Hier geht es leicht und wird gut vollbracht.
Nie wieder liebst du in Sandelkulissen …
Darling der Pförtner verwahrt dein Gewissen.
Gib ihm sein *tip*. Denk nicht an die Erben …
Besser heut lieben, als morgen zu sterben …
Wie weit ist das fort, wie lang ist das her …
Wie es wirklich war. Ich weiß es nicht mehr …

Sieg

Schöner Priester des *sex*:
Orthodoxen Holzes geiles Gewächs.
Der mich mit Worten schamanisch umkreiste.
Er flüsterte mir, was er fleischlich leiste
Und hat mich, redend, wirklich gerührt,
Doch hat er mich nicht zu Taten verführt.
Ich hab seine Tollheit mit Schweigen vertrieben:
Er gab mich auf und begann mich zu lieben.
Was soll ich mit dieser Liebe anfangen?
Er sollte für immer nach mir verlangen.
Es war nicht mehr als ein Kräftemessen.
Hätte er mich besiegt, hätte er mich vergessen.

Geheimnis

Dort, wo du bist: schreib ein paar Worte
In deinen Himmel. Schick sie her.
Ich fang sie auf an meinem Orte
Und sende sie, von Liebe schwer,
Zu dir zurück. In dieser Zeile
Wird unser Leben sich verbinden:
Geheimnis, das ich mit dir teile.
Und keiner wird die Lösung finden
Für dieses Rätsel im Gedicht.
Die andern sollen dran erblinden:
So sehr sei es gemacht aus Licht.

Jahrestage

Immerzu jährt sich etwas
Im kleinen und großen Getriebe:
Der erste Menschenflug ins All.
Der Anfang unserer Liebe.

Was wichtiger war für mein Leben,
Sollst du mich nicht fragen.
Warte noch zwanzig Jahre.
Dann kann ich es sagen.

Rätsel

Leander, Laertes und Narde,
Imeretien. Buchstabenspiel.
Und als Reimwort auf Narde Barde.
Such Weniges in dem Zuviel.

Jedes Rätsel läßt sich erkennen,
Von dem, der den Schlüssel weiß.
Deinen Namen will ich nicht nennen.
Weißt du noch, wie *ich* heiß.

Traum

Du kamst als Wärme in meinen Traum
Und warst so wahr, als wär es gewesen.
Ich dachte, ich wäre von dir längst genesen.
Wachend erinnere ich dich kaum.

Doch kamst du deutlich in meinen Schlaf
Und schliefst in meinem Schlaf. Ich wachte.
Wie ich dir – schlafend – das Lager machte,
War es, daß mich ein Blick von dir traf.

Ich liebte dich sehr. Du warst wie mein Sohn
Und meine einige Liebe zugleich.
Als ich erwachte, fühlte ich reich
Und wußte: es gibt auf Erden den Ton,

Der rein ist. Und wenn man ihn träumt …
Traum oder Wachen – wer unterschied
Eines vom andern im möglichen Lied.
Als du wirklich warst, hab ich dich versäumt.

Gelegenheit

Donnerstagnacht hat mich einer begehrt.
Er hat an mir mit Blicken gezehrt.
Finstre Augen sahn mich im Halblicht an.
Eindeutig. Schamlos. Kein Zweifel ein Mann.
Er wußte, ich wußte, er will das Weib.
Er wußte nicht, daß ich Gedichte schreib.
Er wollte sich einfach zu mir legen.
Ich sah ihm gelassen und lächelnd entgegen.
Es gab nicht die kleinste Gelegenheit.
Nicht für ein Wort. Mir war es drum leid.

Widmung

Teil einer gemeinsamen Trauer –
Seltsame Widmung, die Sie mir schrieben
In Ihr Buch. Das heißt wohl genauer:
Einst haben wir versäumt, uns zu lieben.

Die Stunde war da, und sie kommt nicht mehr.
Sie ist an uns vorübergegangen.
Eine Stelle in unserm Leben blieb leer.
Ungebüßt blieb die Lust. Und es blieb das Verlangen.

Geisterstunde

In jene Wiese, die wir das *Sonnental* nennen,
Habe ich heut meine Freunde gerufen.
Sonntagnachmittag. Januar. Schneepferde rennen
Über den Himmel auf Wolkenhufen.
Ich saß auf dem Stamm der verwitternden Kiefer,
Deren Wurzeln noch in der Erde stecken,
In der schon Kleinspinnen und andres Geziefer
Und unter der schon Ameisen hecken …
In meinem alten Pelz saß ich da,
Mit dem Tuch, das ich aus Warschau mitbrachte
Letztens, als ich Freund B. nicht sah,
Der grad eine Reise nach Süden machte
In das Land, in dem Ahmed und Izet leben
Und Milika und Dušan T.
Bisher hat es sich noch nie ergeben,
Daß ich meine Freunde zusammen seh.
Darum rief ich sie her. Auf dem Kiefernstamm
Neben mir war noch reichlich Platz.
Natürlich war der Sitz kalt und klamm.
Ich entschuldigte mich mit dem ersten Satz
Wegen Klima und Unbequemlichkeit
Und wegen der Störung zu dieser Stunde.
Meine Freunde wußten nichts von der Zeit …
Es kamen noch zu unserer Runde
Lennart aus Tallinn und Ataol
Aus der Türkei und Lars aus Schweden.
Doch ich wußte nicht mehr: Was wollte ich wohl
Mit meinen Freunden und wie wollt ich reden?
Wir schwiegen zusammen. Es flogen zwei Schwäne.

Zwei Schwarzspechte schlugen aus Wasserpfeifen
Ihre Triller. Zwei sehr ferne Hähne
Konnten wie immer die Welt nicht begreifen
Und schrien Alarm. Schließlich wurde es kalt.
Und ich ging allein durch den hügligen Wald
Nach Haus. Ich ließ meine Freunde zurück.
Vielleicht machten sie in der Wiese ein Feuer
Und redeten Rätsel: Wenn es war Glück,
Um den Preis des Lebens war es zu teuer.

Glückliche Stunde

In der gestürzten Birke zu sitzen –
Die man beim Holzschleppen umgestürzt hat –
Sie ist noch laubgrün, doch die Blattspitzen
Rollen sich ein und werden schon matt –
Einfach nur so in der Sonne zu sitzen,
Am späten Nachmittag, gegen sechs Uhr,
Etwas gereizt von den Mücken und Gnitzen,
Aber sonst friedlich gestimmt, in *Dur*,
Das ist das Juniglück, wie ich es liebe:
Licht in der Birke und Kieferngeruch,
Der scheue Geruch der noch maigrünen Triebe,
Und dann noch: Nachdenken über das Buch,
Das ich hinauszuschicken beginne.
(Die Sammlung gab ich schon aus der Hand.)
Leicht ist das Leben, sanft sind die Sinne:
Verwandelt ist in mir und um mich der Sand.
Das Gras ist geschnitten und welkt ab in Schwaden,
Das erste Heu ist schon eingebracht.
Und auch ich hab meine *Fuder* geladen
Und habe die Sande fruchtbar gemacht.
Weit wird die verwandelte Sonne gehen,
Die ich gespeichert hab in den Gedichten.
Heut bin ich sicher, mir kann nichts geschehen.
Heut bin ich schuldlos und los von den Pflichten,
Die mich sonst jagen. O glückliche Stunde:
Allein mit mir selbst und mir selbst nicht zur Last.
Und ohne Empfindung der heillosen Wunde,
Mit der du, mein Freund, mich gesegnet hast.

Orient

Und wenn auch fast alles nur Lüge war,
So klang es doch gut und war herzerfreulich.
Heut ist es mir wieder, als war es erst neulich
Und ist nicht inzwischen reichlich sechs Jahr,
Daß du mir flüstertest englische Sprüche.
Die gingen mir ein wie Weihrauchgerüche.
Und Weihrauch kam wirklich von irgendwoher.
Das war ja Orient. Und ein Moslem warst du
(Ein *Degen*, ein *Monddolch* über dem Meer
Dieser Nacht.) Ich lauschte dir zu
Schon süchtig nach der schwarzen Beschwörung.
(Als wär ich gemacht für Trieb und Betörung.)
Wie *Scheitan* hast du meine Seele besessen.
Und sei es mit Lügen. Ich kann nicht vergessen.

Blendung

Kann ich mich noch auf Lennart besinnen?
Auf des Nordlandfahrers strenges Gesicht,
Milde von Polnacht und Mittsommerlicht?
Die trauliche Sprache der Esten und Finnen
Tönte sein Deutsch an, das vollkommen war.
Und ach, nun ist es schon baldhin zwölf Jahr,
Daß wir uns trafen, der *Wiking* und ich.
Ich war in Blendung und gänzlich ergeben.
Er sprach in der Frühe, Frau, treffe ich dich
Noch einmal im Leben, so ist es fürs Leben …
Es waren zwei Nächte, und mehr kam er nicht.

Ich liebe noch immer das strenge Gesicht.

Wahn II

So nah an den Wahn zu geraten –
Ich dachte nicht, daß es *mir* jemals geschieht.
Das Hirn ein sirrender Faden,
Den es hin zum Zerreißen zieht.
So teuflisch ballt uns der Zufall,
Leichtsinn, der unser Leben verspielt …
Kann aber auch sein, daß aus dem Weltall
Ein Blitzstrahl auf mich zielt
Und spannt mich, ihn zu empfangen,
Und es ist gar kein Wahn, nur die Spannung vorm Schlag …
Das lallende Sprachverlangen
Löst sich im Schweigen vor Tag.

Eifersucht

Wieder am tiefsten Grunde zu sein,
Am Grund und Boden der äußersten Qual.
Prahlerisch sagte ich manches Mal:
Ich leb jenseits des Schreckens. Und wie großmächtig klein
Bin ich nun, da die Liebe verworfen ist.
Verworfen von dir, von dem der du bist,
Nicht von dem, der du warst, der bist du nicht mehr.
Das Haus ist kein Haus mehr, es ist schon wie leer,
Durchwuchert von Lüge und Täuschungsversuch.
Wenn es andern geschah, riet man leichthin: ein Buch
Mach daraus, schreib auf, was geschieht!
Als wär es nicht immer das alte Lied
Und verächtlich, sich mit Verrat zu befassen
Und menschenunwürdig statt lieben zu hassen,
Und vor Haß sterben *mir* nun die Beine ab,
Und der einzge Gedanke, den ich noch hab,
Ist *Rache*! So nah vor dem möglichen Tod,
Der dich alten Mann sowieso schon bedroht
Und mich der Herztod aus krampfigem Haß.
Am tiefsten Grunde … Da wächst mehr kein Gras.

Vibration

Als wäre ich siech und sonstwo gewesen,
(Beim Tode gewesen und nicht genesen)
Gehe ich endlich den alten Gang
Meine liebe Wiese entlang.
Was hab ich im *Jenseits* nicht alles gesehen!
Was lernte ich, außer mir, nicht verstehen!
Zum Beispiel, was schlechte Reime sind.
Vasko Popa hat mirs in Belgrad erzählt.
Da hat mich gleich das Leiden gequält:
Als wenn die Dichtung beim Reimen beginnt.
Für mich war Dichtung: Vibration einer Seele,
Die sich entringt der umklammerten Kehle.

Disteln haben gar kein Gewissen.
Birken sehen mich gleichgültig an.
Abendleuchten, von Winden zerrissen.
Ich weiß nicht mehr, wie man leben kann.

Eingemauert in Konventionen –
Gefesselt am Fuß, beringt bei der Hand,
Allmächtig der *Vater*, allmächtig das Land,
Und keine Aussicht, woanders zu wohnen.

Das ist meine Krankheit: geistige Spaltung.
Unheilbar. Die Seele mit Miseln beflucht.
Es handelt sich nur um eins: um die Haltung,
Mit der man den Aussatz zu leugnen versucht.

Brief

Verehrtester! Sie wollten mit mir (sagten Sie vor Wochen)
Freundschaft. (Fürs Leben.) Und nun sieht
Es für mich so aus: Abgebrochen
Haben Sie diese Freundschaft wie ein Lied,
Von dem man nur den Anfang weiß
Und weiter weiß man nicht. Man summt
Verlegen, bis einem der Schweiß
Vor Pein austreibt und man verstummt ...
So ist es wohl mit Ihnen? Großes Wort:
Freundschaft für immer. Und nun *nichts*?
Ihr Ort war mir ein schöner Ort.
Und nun ist er beraubt des Lichts,
Das da war, wenn ich an Sie dachte:
Da ist einer, der an dich denkt.
Was ich Ihnen entgegenbrachte,
Das war wohl nichts? War es verschenkt,
Weil es nicht Liebe war, nur Freundgefühl?
Freundschaft ist für mich mehr als Liebe
(Die Kapitulation vorm Triebe).
Absichtsvoll war und blieb ich kühl.
Sie warn zu gut, um Sie zu lassen
Nach einer kleinen Flüchtigkeit.
Der Nebenliebe folgt das Hassen.
Ich kenne das. Ich weiß Bescheid.
Bin alt genug, um *mich* zu kennen.
Und mir lag wirklich sehr daran,
Daß Sie mich Freund, nicht Freundin nennen.
Als wären wir nicht Frau und Mann,
Sondern zwei Dichter, die das Wort

Für wirklicher als alles halten,
Was wirklich ist, und frei
Von Ort und Zeit und Allgewalten
Ihr Wort verfolgen bis zum Ziel.
Aber für Sie wars doch wohl Spiel?
Gesellschaftsspiel aus Langeweile,
Das Übliche: ein Mann, ein Weib …
Verzeihn Sie mir die bittre Zeile,
Mein Freund, die ich aus Freundschaft schreib.

Schneewetter

Wie die alte Frau von Wetter
Gehe ich im Schnee spazieren.
Langer Mantel, Kopftuch, Gehstock.
Als wollt ich mich parodieren

Oder mich verhöhnen, weil ich
Im August noch *Kolo* tanzte
Und am Ohrid-See ein Reis
Liebe unterm Mondlicht pflanzte.

So vergangen ist der Sommer,
Als wär er gar nie gewesen.
Wollt ich mich erinnern, müßt ich
Meine eignen Verse lesen.

Meine Verse les ich nicht –
Mag drin der und jener blättern.
Ich stampf grimmig durch den Schnee
Wie die weiland alte Wettern.

Realismo

Der kleine Realismus:
Wen hat sie damit gemeint?
Und hat es nicht damals geregnet?
Sie sagte: Sonnchen scheint.
Der Himmel war inwendig selig,
So blau war der Himmel, sagt sie.
Wir haben unseren Zeugen:
Blau war der Himmel nie.
Sie sagt, es war eine Liebe
Und einer war jung und schön.
Man hat sie mit einem alten
Häßlichen Mann gesehn.

Hinterglasbild

Es geht, wies geht.
Wie gehts? Es geht eben.
Ich lebe, du lebst.
Er lebt, wir leben.
So einfach ist das?
So einfach ist das.
Ich gewinne Distanz, ist stehe daneben
Und mache aus uns ein Bild hinter Glas
Wie es die Primitiven malen,
So bunt und hölzern und naiv.
Und ich verwandle vergangene Qualen
In Kleinformat und in Motiv.
Es geht, wies geht.
Wie gehts? Es geht eben.
Ich lebe, du lebst,
Er lebt, wir leben.

Skardalija

(Erinnerung an ein *dinner* zu zweit)

Habe ich eigentlich Suppe gegessen?
Irgendwas wars wohl oder auch nicht.
Jedenfalls haben Sie mir gegenüber gesessen,
Und ich lernte die Linien in Ihrem Gesicht,
Die Falten, die noch nicht warn vor vier Jahren,
Als ich nicht wußte, wer Sie wohl waren,
Ein Jäger, ein Schatten, gemacht aus Gefahren,
Einer der lügt oder meint, was er spricht.

Was hab ich als zweiten Gang genommen?
Irgendein Fleisch wohl. Ich ließ es stehen.
Wieso sind wir wieder zusammengekommen?
Wozu soll es gut sein, daß wir uns sehen
In diesem Garten aus alten Platanen,
Mit alten Gefühlen wie alten Lianen,
Lautlos Signale zwischen Membranen:
Sagen *Sie* es mir, wenn *Sie* es verstehen.

Was habe ich mir zu trinken bestellt?
Wasser wohl. Weiter ist nichts gewesen.
Ein Garten. Eine Straße. Eine Stadt. Eine Welt.
Wir haben zusammen Gedichte gelesen,
Die meinen, die Sie – sogut*wie* – übersetzten.
Die Worte, die wir beim Sprechen benetzten,
Warn so, daß wir uns mit ihnen verletzten.
Die Rechnung fürs Essen ging zu den Spesen.

Regenbogen

In diesem Sommer hab ich den Eisvogel gesehn.
Zwanzig Jahre lang hatte ich nach ihm gesucht.
Und noch ein Wunder ist mir geschehn:
Ich hatte einen abgebucht,

Weil ich so Schlechtes von ihm dachte,
Daß mich der Gedanke schon schamrot machte.
Ich dachte: mein Gott, was ist das gewesen,
Hast du verlernt, in Menschen zu lesen?

Den traf ich wieder nach vielen Jahren
Und habe ihn neu und deutlich erfahren
(Und die Gründe des Schweigens, die
Schwer genug waren.)

Unerwartet sind wir einander begegnet.
Und von des Eisvogels Feuergefieder
Sind Farbenfunken auf uns geregnet.
Das geschieht uns vielleicht im Leben nicht wieder.

Doch es ist uns geschehn. Wir vergessen es nicht.
Wir haben ein Geheimnis zusammen.
Der Eisvogel riß eine Schneise ins Licht.
Und ließ es zum Bogen des Bundes entflammen.

Weswegen

Regen in der Dezembernacht
Nach zwei täuschenden Wintertagen mit Schnee.
Das hab ich von mir nicht gedacht,
Daß ich der Zeit vorübergeh

Und gehe gelassen: Regen ist Regen
Und Wind ist Wind und Schnee ist Schnee,
Dezember Dezember. Aber weswegen
Ist das, daß ich dich nie mehr seh.

Platanenabend

Nebeneinander gehen wir her.
Sehen uns an. Aber nicht mehr.

Linien, die sich im Unendlichen schneiden.
Irgendwas Ähnliches ist mit uns beiden.

Haben die Formel zu gut gelernt.
Nah beieinander und weit entfernt.

Wenn wir uns nun durch Zufall berührten?
Ob wohl die Linien ins Endliche führten?

Platanenabend. Das Licht wird trüber.
Wir wissen es beide und schweigen darüber.

Stern

Mein Kind lebt auf seinem kleinen Stern.
Ich lebe auf dem meinen.
Ich fürchte, daß ich mich mit meinem entfern
Und fürchte, das Kind könnte weinen.

Ich halt seine Hand und zwinge den Raum,
Der sich dehnt, um uns zu trennen,
Und segne mit einem Lächeln den Traum
Des Kindes. Noch solls nicht erkennen,

Daß Leben Verlust ist, Bewegung aufs Ende,
Die mit dem Anfang des Endes beginnt.
Noch soll es glauben, daß meine Hände
Die *seinen* und für immer sind.

Dank

Jedenfalls: meine Adresse
Hast du noch nicht vergessen.
Schreibst sie mit Akkuratesse
Und grüßt mich so gemessen
Wie mich die *Andernleute* grüßen
Zum *Neuen Jahr*. Verbindlich Dank!
Und wieder schmecke ich den süßen
Haßwein, den ich aus Liebe trank.

Geduld

Unter der Last deiner Melancholien
Kann ich mich nicht im Gleichgewicht halten.
Entweder oder: du oder ich.
Manchmal scheinen wir uns aufzuspalten,
Und die Einheit war scheinbar, aus der wir leben.
Zuviel trägt jeder: mehr als nur sich.
Und nur *eine* Lösung scheint es zu geben:
Nimm du das deine. Ich nehm auf mich,
Was von mir ausgeht und zu mir zurückkehrt –
Aber verwachsen sind wir mit der Zeit,
Die uns je kürzer, je länger Geduld lehrt:
Nimm du meine Last, ich nehme dein Leid.

Vermächtnis

Einer erinnert sich meiner.
Und ich erinnre mich seiner.
Wir haben einander berührt vor Zeiten.
Nein nicht berührt: Wie Sterne sich nahn,
Nahten einander wir. Nur im Entgleiten.
Und weiter zog jeder auf eigener Bahn.
Aber wir haben ein Menschengedächtnis
Und leben mit dem zweiten Gesicht.
Und einer ist dem andern Vermächtnis:
Vergiß mich nicht! Bewahre das *Licht*!

Spruch I

Ohne Morgenrot kein Morgen.
Ohne Liebe keine Nacht.
Mit der Liebe kommen Sorgen.
Wie der Morgen mit der Nacht.

Spruch II

Die Lilie im Schnee ist kein Wunder.
Kein Rätsel die Rose im Eis.
Aber ich bin noch immer wie *Zunder*.
Und das Leben ist immer noch *heiß*.

An E.

Wenn du in Not sein wirst oder sehr krank:
Ich will mit dir sein. Mein Leben dank
Ich deinem Leben. Alles in mir
Hab ich genommen, gewonnen von dir.

Wenn ich verwirrt bin und kränke dich:
Laß mich nicht fallen.
Ich liebe *dich*.

Nachts

Nun rauche ich wieder heimlich
Und meine Ruhe ist hin.
Ich spiel mit dem kleinen Tode.
Und bin nicht die, die ich bin.

Ich habe einen Kummer.
(Windstärke zwei bis drei.)
Im Mondschein bin ich ein Mädchen.
Am Morgen ist es vorbei.

Da sehen mich die Augen
Meines kleinen Sohnes an.
Nachts aber rauch ich und denke
An einen jungen Mann.

Ich meinte, ich weiß schon alles,
Was es im Leben gibt.
Und hab mich mit all meiner Weisheit
In einen Burschen verliebt.

Das wird vorübergehen,
Sag ich mir Nacht für Nacht.
Nur, daß ich heimlich rauche,
Ist, was mir Sorgen macht.

Rechnung

Ich habe mich nicht nach dir umgesehn,
Ich saß bei den Freunden und lachte,
Und ich wußte: du *mußtest* nicht von mir gehn,
Und daß es dir nichts ausmachte.

Kann es wohl sein, daß ich einmal
Von einem fortgegangen,
Der an mir hing mit seiner Qual
Und sinnlosem Nachmirverlangen?

Dann könnte *das* die Rechnung sein
Für scheinbar verjährte Schulden.
Aber auch dich holt das Leben ein.
Ich kann mich gedulden.

Hinundher

Ich möchte gern älter werden.
(In Wahrheit will ich es nicht)
Ich möchte gern weise werden.
(Dann leidet mein Gesicht)
Ich möchte mich nicht mehr verlieben.
(Aber Liebe ist schön)
Ich hätte gern besser geschrieben.
(Das hieße von mir absehn)
Ich bin hin und her gerissen.
(Nicht mehr jung und noch nicht alt)
Was nützen mir Weisheit und Wissen.
(Bei Mondschein verloren im Wald)

Tanz

Ich löse mich nur langsam
Von dem, was ich schreibe, ab.
Die Wunden schließen sich schwierig,
Die ich mir gerissen hab,
Als ich die Worte ausstieß.
Sie tanzen auf dem Papier.
Aber eh ich sie losließ,
Waren sie Steine in mir.

Ahnung

Nun kommt ein blauer Himmel über mich.
Südlicher Himmel! Lieber Mond September.
In jedem Jahr besang ich dich,
Dem es kein Reimwort hat außer November.
Magische Bindung: Abschiedsmahnung
Und erstes warnendes Signal.
Denn bald verwandelt sich die Ahnung,
Und dieser Sommer *war* einmal.

Feuer

Als wir zusammen waren,
Eine Weile zurück,
Schwor ich bei Haut und Haaren:
Ich brauch dich nicht für mein Glück.

Wieso sollt ich dich auch brauchen?
Wer warst du schon für mich?
Und nun: alle Feuer rauchen.
Ich denk nur noch an dich.

Wolke

Wenn ich von dir reden will,
Werde ich *Wolke* sagen.
Und von der Liebe bin ich nun still.
Will ich mein Elend klagen,
Werde ich sagen: Es geht ein *Wind*.
Ich werde uns verschweigen.
Nur du wirst wissen, was Wolken sind,
Und was die Winde anzeigen.

Kleines Lied

Das Licht ist alles. Alles ist das Licht:
Goldrausch der Birke und Gedicht.
Das Lied der Ammer wäre nicht,
Der Reif, die leichte Silberschicht,
Und auch dein schönes Herbstgesicht
Würde nicht leuchten ohne Licht.

Schweigen II

Im Rhythmus des Herzens geht das Gedicht,
Das in mich zurückfällt. Zuviel Gewicht
Müßte ich heben, um auszusprechen,
Was auf mir liegt. Die Worte zerbrechen
Schon bei dem ersten Belastungsversuch.
Die lange verschwiegenen Wahrheiten rächen
Sich an mir mit einem Schweigefluch.

Herd

Immer bin ich es, die fort will.
Immer bist du es, der fährt.
Immer macht mich dein Wort still.
Immer bleib ich beim *Herd*.
Fürchtest, das Feuer könnt sterben,
Und du kommst kalt nach Haus.
Weiß nicht, wie ich dich liebe?
Weiß nur: ich halte es aus.

Rittersporn

Ruhlos macht mich der Rittersporn.
Blau: so fällt Liebe.
Rot steigt der Zorn.
Sowas von Blau neben dem Mohn.
Wohn
Neben dir. Fremder als fern.
Feindliche Farben.
Stern neben Stern.

Wermut

Der Frost rötet die Buchen
Und macht aus Luft weißen Wein.
Noch könnte man gehn und suchen.
Manches könnte noch sein.

Das ist ein Abend zum Leben.
Es riecht nach Bitterkraut.
Bei Leiden und bei Freuden
Braut man das Bitterkraut.

Ich hab es nicht getrunken.
Frost hat den Ruch angerührt.
Da bin ich bitternistrunken.
Vom Wermut berauscht und berührt.

Geschichte

Leicht und lustig war die Liebe
In der Mittnovembernacht.
In ihr war es wüst und weinte.
Aber laut hat sie gelacht.
Das ist eine grimme Liebe:
Einen lieben und dabei
Diese Liebe nicht zu meinen.
Bitter ist es. Doch nicht
Neu.

Jahrstag

Wie wunderbar der Waldboden roch
Am fünften April nach dem ersten Regen.
Nach Grün und Frische und nach noch
Etwas. Auf andren Wegen
Roch es so sehr nach Wind und Licht.
Wo warn die Wege, will ich nicht
Mehr wissen. Heut vorm Jahr
Flog ich nach Süden. Für ein paar
Unvorhersehbar was für Tage.
Unwiederholbar. Eine Sage,
In der man ohne Schatten war.
Identitätslos. Heut vorm Jahr …
Wie wunderbar der Waldboden roch.
Am fünften April nach dem ersten Regen.
Nach Grün und Frische und nach noch.
So roch es auch auf jenen Wegen.

Mondsalz

Es kann geschehn: ich zahle mit dem Tod.
Für eine kleine
Verzückung wäre das zuviel.
Aber was uns geschah, geschah aus Not.
Es war mehr als ein Zwischenspiel …
Es war die Sonne, und es war die Rose,
Es war der weiße Steppenstaub,
Der Rauch der Dörfer, Schnee der Berge,
Es war um alles, was ich glaub:
Ich glaube, daß die Welt unendlich
Und daß sie für mich offen ist
Und daß sie auf *mein* Auge wartet
Und daß du mir verschrieben bist,
Um mit mir in die Welt zu gehen
Und daß ich zu lang seßhaft war.
Doch durch ein tödliches Versehen
Sterb ich vielleicht noch dieses Jahr …
Es war die Sonne und die Nacht der Rose.
Im Schatten unterm Pappellaub
Mischten wir unsre Lebenslose
Mit Mondsalz und mit Sternenstaub …

Anonym

Was überwältigst du mich so?
Zwei Jahre sind vergangen und vergessen
Hab ich dich mählich. Und war froh
Darüber. Unterdessen
War dies und das. Ein leises Ziehn
Zu dem und jenem. Nein, nicht Liebe.
Nach dir, ja, habe ich geschrien …
Im Traum ist mir manchmal, ich triebe
Mit dir zusammen durch die Zeit
Und Wärme ist und Herzlichkeit
Im Traum, im Traum … Und nun schreibst du,
Die Blumen blühn noch … Soll das heißen,
Du liebst mich noch? Sag mir, wozu
Willst du mich wieder an dich reißen?
Zu schlimm war das, was mir geschah.
Zu schlecht hast du an mir gehandelt.
Der ist nicht mehr, den ich einst sah.
Und ich, mein Freund, bin auch verwandelt.
Es konnte sein, doch war es nicht.
Es hat sich eben nicht ergeben …
Schon mich, mein Lieber, schreib mir nicht
Und trachte mir nicht nach dem Leben.

Haß

Lieb ich dich jetzt, so liebe ich kalt.
Die Seele bleibt kalt, der Leib nur wird heiß.
Wir lieben einander mit sinnlichem Schweiß.
Ich mehr, du minder, denn du bist alt.
Ich erlebe die Lust, du erlebst sie nicht mehr,
Das geschieht dir gerecht. Was zogst du umher
Mit der Metze, um dich als Mann zu beweisen?
Gelassen lass ich mein Herz vereisen
Und verzeihe dir nicht! Wie wohl das tut,
Im Haß zu erhitzen das bittere Blut …
Der reinen Liebe verkommener Rest:
Bacchantisch gespenstisch ein Leichenfest …
Jetzt wär ich soweit, mit jedem zu gehn,
Der zu lieben versteht, noch ists nicht geschehn,
Doch mein Stolz ist gebrochen, verloren die Scham.
Noch ists nicht geschehn, weil der Rechte nicht kam.
Doch wird er kommen, so nehm ich ihn hin …
Mit dir lieb ich nur, weil ich neben dir bin
In dem Haus, das einst ein Lerchennest war …
Für andre sind wir noch immer das Paar,
Das schon Jahrzehnte Legende und liebt!
Auch wenns diese Liebe längst nicht mehr gibt.

Bekenntnis

Doch, es gab Nächte in meinem Leben,
Die denkwürdig waren: auch ich hatte Lust.
Den schönen Jüngling hat es gegeben …
Vorher hab ich kaum seinen Namen gewußt,
Nachher aber ihn für immer behalten …
Geheimnisse gab es drei oder vier.
Für immer erinnerte Liebesgestalten.
Sie leben unverwandelt in mir.
Wie sehr sehnt ich jahrlang, sie wiederzusehen!
Wir waren einander doch angetraut
In nächtlich heimlich vollzogenen Ehen.
Doch das Gelöbnis im Abschiedslaut
Des *Auf Wiedersehn* hat sich niemals erfüllt.
Ich seh meine schönen Lieben nicht wieder …
Sie geistern nur, schattend in Worte gehüllt,
Als Liebesgestalten durchs All meiner Lieder …

Brief aus Gagra II

Ich sehne mich nach dir so sehr,
Mein Freund. Ohne dich ist es schwer.
Auch Schönheit läßt sich nur ertragen,
Wenn man sie teilt. Die Nächte sind,
Nach den von Sonne tollen Tagen,
So höllisch. Immer geht der Wind
Über dem Meer.
Als wenn die Schöpfung neu beginnt.
Und abends der perlmuttne Schimmer,
Das rosa-weiße Lichtgeflimmer
Auf all dem Wasser macht mich blind.
Jetzt bin ich plötzlich nur ein Kind,
Das eine Hand braucht und ein Wort,
Das tröstet, wenn es müde ist.
Was suche ich an diesem Ort?
Was habe ich zu Haus vermißt,
Wo ich dich hatte? Deine Liebe,
Die wie die Stille zeitfrei ist?
Als ob ich ohne Seele bliebe,
Ist mir, weil du nicht bei mir bist,
Und mir ist bang. Laß es mich sagen:
Die Trennung ist schon wie der Tod,
Der irgendwann in fernen Tagen
Einen von uns zuerst bedroht.
Nachts lieg ich wach vor all dem Meer
Und bete meinen Nicht-Gott an:
Nimm mich, nicht ihn! Und mir ist schwer.
Nur du bist's, der mich trösten kann.

Zu zweit

Was liegt zwischen Abend und Morgen?
Was hab ich mit dem Tag gemacht?
Verlor ich ihn an die Sorgen.
Oder hab ich mich weitergebracht?
Ich habe Worte geschichtet.
Und auf willigem Papier
Hab ich den Freunden berichtet
Von mir und auch von dir.
Ich habe uns verbunden:
Das geht in die Welt hinaus.
Ich habe nichts erfunden.
Doch einiges ließ ich aus:
Ich habe den Freunden verschwiegen,
Daß *ich* Krieg geführt hab mir dir
Und *du* versucht hast, mich zu besiegen …
Denn keiner glaubte mir,
Wenn ich schriebe, daß wir uns trennen.
Soll die Welt denn untergehn?
Für alle, die uns kennen,
Können wir nur *zu zweit* bestehn.

Verlust

Der Verlust des Traumes schmerzt mich am meisten,
Der Täuschung, die an dich gebunden war:
Mein Weltlauf würde sich Wunder leisten.
Er könnte sich ändern. Noch dieses Jahr.

Ich dürfte noch einmal noch einmal anfangen.
Denn das ist so furchtbar, daß endgültig ist,
Was uns das Leben ohne Verlangen
Folge um Folge als Fabel zumißt.

Wir müssens bejahen: Die Wege verengen
Sich Jahr um Jahr zu strengerer Pflicht.
Wir suchen den *Traum*, um die *Pflicht* zu verdrängen:
Am Ende stehn immer Verlust und Verzicht.

Freiheit

Was ich am meisten vermisse, ist *Freiheit*.
Nicht politische Freiheit. Nur: aufzustehn
Und einfach nach Laune davonzugehn.
Nicht, um das *Kreuz des Südens* zu sehn.
Vielleicht nur, um nach Dresden zu fahren,
Wo ich nicht mehr war seit wievielen Jahren …
Ich bin geschmiedet, geschmiedet an dich.
Deinen Morgen, dein Mittag. Zu Abend, zur Nacht.
Ich hab mich zu deiner Sklavin gemacht.
Das ist dir so selbstverständlich wie ich.
Und hab nicht das Herz mehr, dich zu verlassen,
Nun da du alt bist und leichthin weinst
Und jeden Versuch, in Worte zu fassen,
Was mich belastet, als Greis begreinst …
Ich hab mein Leben an dich verspielt.
Im Roulette der Liebe hast du es gewonnen.
Warum ich nur keinen Warnwink erhielt,
Als ich, so jung noch, das Spiel begonnen?
Ich war so jung! Zweiundzwanzig grad.
Du warst mir achtzehn Jahre voraus.
Wie kurz war, gemessen an meinem, der Pfad,
Der vor dir noch lag. Du nutztest es aus
Von Anfang an. Ich hatte von meinem so üppigen Leben
Mit Selbstverständlichkeit abzugeben
An dich, daß du schreiben konntest
So groß wie möglich, mit ganzer Kraft.
Die Freiheit der Worte, in der du dich sonntest,
Hab ich dir als Sklavin des Alltags verschafft.

Glocke

Die Harmonie ist zerstört,
Die *Glocke* unsrer Liebe gesprungen.
Seither ist kein reiner Ton mehr erklungen.
Nur wer mit groben Ohren hört,
Kann ihren Klang für bruchlos halten …
Solln wir mit diesem Mißton altern
Und sterben, oder solln wir nicht?
Wär es nicht besser, daß sie bricht,
Statt brüchig scheppernd hinzuhängen?
Ich sehn mich nach den reinen Klängen
Von neuer Liebe, die mich liebt
Und rein mit mir den *Einton* gibt.

Papyrus

Die gewässerten Blätter der Eiche.
Unterm Schnee gewässert den Winter lang.
Auf der harten frostigen Bleiche
Verformt. Substanzlos lang
Papyrusdünn. Blättlein zu schreiben,
Was in den Moder sinken mag:
Ich bin noch hier. Ich will noch bleiben.
Den einen und den andern Tag.

Sprachlos

Erst kennt man sich mit den Worten nicht aus
Und später nicht mehr mit dem Leben.
Noch immer ist es das selbe Haus.
Doch nun sieht man den Abgrund daneben.

Also wie sich halten? Von Tag zu Tag
Seine Pflicht tun. Doch was ist die Pflicht?
Wir sind nicht mehr sicher. Wir urteilen zag.
Und was wird, das wissen wir nicht.

Von Altersweisheit keine Spur.
Der Sinn ist nicht zu verstehen.
Eine kleine Güte. Ein Lächeln nur.
Und einfach weitergehen.

Lind

Den innigsten Kuß im Leben,
Den reinsten, bei dem meine Seele geweint,
Hat mir ein Zigeuner gegeben,
Vom fahrenden Volk, das uns *seellos* scheint
(Wild sinnlich). Er küßte mich lange lind.
Nacht war. Auf uns fiel der erste Schnee.
Er ist der Geliebte. Ich erkenne ihn blind.
Nur daß ich ihn nie mehr wiederseh.

Schwarzwasser

Die Täler der Nächte. Schwarzwasser der Träume:
Ich schwimme und kann mich ans Ufer nicht heben.
Zu hoch ist die Böschung. Sind Übermächte,
Die wolln mich verschlingen. Sie wollen mein Leben.
So sind meine Morgen nicht hell. Sie sind trübe.
Um mich zu erhellen, brauche ich Stunden
Stummer Geduld, in denen ich übe,
Mich mit dem Licht des Tags zu gesunden.

Kümmernis

Da ist mit Willen gar nichts zu machen.
Das hängt von meinem Willen nicht ab.
Das sind eben diese verteufelten Sachen.
Was ich auch immer versprochen hab,
Ich kann es nicht halten. Das ist halt das Leben.
Das haben wir früher niemals gedacht.
Es hat sich einfach von selber ergeben:
Ich brauche einen andren zur Nacht.
Und werde ihn suchen und werde ihn finden.
Was ersehnt wird, geschieht auch, des bin ich gewiß
Und sinnloser *Treue* mich zu entwinden.
Dies alles Jammer und Kümmernis.
Doch mit Willen allein ist da gar nichts zu machen.
Und in Wahrheit will er nicht den Verzicht.
Und in Wahrheit will ich beim Lieben nur *lachen*.
Mich widert der Liebe Kummergesicht.

Ahnung

Hinschwimmt das *Leben*.
Immer öfter die Ahnung: es war vertan,
Ich habe versagt. Die Dinge geschehen nicht mehr,
Die noch nicht geschahn.
Und diese Sucht, sich fallenzulassen
Und zu bekennen, ich bin ohne Kraft.
Und bin doch so guten Willens gewesen.
Aber ich habe es nicht geschafft.
Ich habe verloren. Ich bin verloren.
Verzeiht mir, verzeiht mir, ich kann nicht mehr!
Ihr meine Söhne, die ich einst geboren,
Jetzt mache *ich* euch das Leben schwer …

Frühlingsanfang

Heute, am ersten Frühlingstag,
Zwei Stunden nach dem Mitternachtsschlag,
Verließ mich in grauer Montur der Sohn …
Drei Tage daheim und wieder davon
Ins Dickicht des Lebens, zu Schießen und *Dienst* …
Ach, Sonne, die du schon mittaglich schienst
Auf die Birken, die sich biegen im Wind,
Mir blieb nur die Liebe zu diesem Kind,
Das entfernt ist von mir schon so lange Zeit …
Drüber hin gingen Winter, und es hat auch geschneit,
Wenn er draußen wo in den Wäldern lag …
Nun nähert sich mit dem Frühling der Tag,
Da er heimkehrt zu mir, und ich bin es nicht mehr.
Nicht er ist verändert, doch ich bin es sehr.
Mir ist Leids geschehn, das verwinde ich nicht.
Und doch scheint des Frühlings erneuertes Licht,
Das von mir nichts mehr will oder will es noch?
Ich leb nicht mehr gern, aber lebe doch
In der Pflicht, wie bisher das Haus zu erhalten,
Das der Sohn mit Sehnsucht als Heimathaus denkt.
Um seinetwillen darf ich nicht erkalten.
Die Kräfte dazu werden mir nicht geschenkt.
Ich muß sie täglich aufs neue erzeugen,
Aus Vorsatz und Handeln erzeuge ich Sinn.
Und nun laß ich mich erst recht nicht mehr beugen,
Da ich im Frühling angelangt bin
Mit seinen Zeichen des Wundersamen:
Geruch von Erde und Birkenlicht.
Und daß grad heut die Kraniche kamen,
Das fällt wohl gar als Glück ins Gewicht?

Weh!

Zusammen nicht, alleine nicht,
Im Dorf nicht, in der Stadt,
Unwürdig vor des Tages Licht,
Das vollen Glanz noch hat,
Anfang September jetzt so blau,
So Überfluß von Licht
Vor dem gedämpften Nebelgrau,
Das bald den Tag umflicht.
Unangemessen ganz und gar,
Nicht vor und nicht zurück,
Der Sommer ging, es ging das Jahr,
Und ich war nicht im Glück.
Kann hier nicht sein, kann dort nicht sein,
Wohl ist mir nirgends mehr.
Noch wehre ich mich, *Weh* zu schrein,
Wo kommt mein *Heiland* her,
Der, der mich heilt von meiner Pein,
So ungeliebt, so bloß zu sein,
So sehr allein allein allein.

Und neben mir ist *er*.

Willenlos

Ich denke jetzt oft, ich werde bald sterben.
Weil ich mit dem Leben, dem meinen, zerfallen bin.
Eine Krankheit wird sich schon finden, um mich zu
verderben,
Und weil ich so schwach bin, rafft sie mich hin.
Dabei ist die Schwäche nur geistig begründet:
(Ich bleibe, wo ich nicht bleiben will.)
Der Funke des Todes ist noch nicht gezündet.
Die Zellen des Körpers halten noch still.
Doch denkt und denkt der Gedanke in mir:
Wenn der Mensch nicht lebt nach dem eignen Gesetz
Und gerät nur immer tiefer ins Netz
Als ein kümmerlich willenlos augenlos Tier
Und sieht keinen Weg, daß er sich befreit,
Dann wird er sterben vor seiner Zeit.
Das kann nicht gutgehn. Dann stirbt er daran …
Ich sieche an sterbender Liebe dahin,
Die ich mit Willen nicht retten kann
Und die nur macht, daß ich (bald) nicht mehr bin …

Abhängigkeit

Und wieder bekenne ich Abhängigkeit,
Meine Abhängigkeit von der Sinnenliebe.
Ohne Liebe bin ich mit mir entzweit
Und liege mit allem im Widerstreit
Und fühl mich versklavt vom Lebensgetriebe.
Nur wenn ich liebe, fühl ich mich frei.
Abhängt von dir so mein Freiheitsrausch.
Ohne den nächtlichen Liebestausch
Gehn mir die Tage sinnlos vorbei:
Was ist zu tun, wenn der Geist sich verneint
Und einfach sich weigert, Sinn zu erfasssen?
Ich bin so schmerzlich mit dir vereint.
Ich gebe mich preis: ich kann dich nicht lassen.

Sorge

Ich will dir gut sein. Ich bin dir gut.
Ich war dir gut und ich war dir schlecht,
Gepeitscht von geheimem geschlechtlichem Grimm.
Wir waren einander nicht immer gerecht,
Denn uns auch trüben Hormone das Blut
Oder lichten es auf, so daß wir uns lieben.
Mein Freund, wo ist unsre Jugend geblieben,
In der Liebe leicht war. Jetzt wird sie uns schwer,
Und wenn wir uns gut sind, gilt es heute viel mehr,
Als es früher gegolten. Das war *nebenbei*,
Achtlos, als könnte uns nichts geschehen.
Heut oder morgen, das war einerlei.
Jetzt liegt als drittes die Sorge uns bei,
Die Liebe könnte zugrundegehen.

Hilfe!

Alles fällt mir aus der Hand:
Das Leben, die Liebe, (die zärtlichen Pflichten).
Ich fürchte für meinen Verstand:
Er will sich selber vernichten.

Ich bin so neurotisch: mit Brennsalz bestreut
Die Augen, die Ohren, sind all meine Sinnen.
Wenn ich erwache, denke ich: heut
Gelingt mir vielleicht ein neues Beginnen.

Der Tag verging ohne Tat, ohne *Geist*.
Diesen *einzigen* Tag hab ich wiedrum vertan!
Hilfe ich schrie. *Gott* war verreist.
Nur Menschen um mich, die mein Elend nicht sahn.

Kälte

Wir müssen auseinandergehn.
Wir werden einander nicht mehr gerecht.
Auf einmal ist alles verworren und schlecht.
Wir sind nicht mehr fähig, das Gute zu sehn,
Das uns früher beglückte. Fehlerhaft
Erscheint jetzt die Tugend, dein Handeln nach Plan,
Und du beschuldigst mich mangelnder Kraft,
Des lächerlich Hängens an weiblichem Wahn,
Was die Söhne angeht: die übliche Schwäche
Der Mütter. Jedes Wort, das ich spreche,
Wird falsch, wie ich's sage, und trifft es nie ganz …
Das Fest ist vorüber, zu Ende der Tanz …
Wir sind zwei Menschen, vom Grunde verschieden.
Wieso nur haben wir uns nicht vermieden,
Als wir uns trafen vor dreißig Jahren?
Wir warn mit uns selber noch unerfahren
Und sind so lange zusammengeblieben,
Daß es leichter scheint, einfach weiterzulieben
Als auseinander und in die Kälte zu gehn.

Uns bleibt nichts: wir müssen einander verstehn.

Allein

Ich will jetzt mit mir allein sein.
Und nicht mehr mit dir zu zwein sein.
Denn eins sind wir nicht mehr. Zwei und allein,
Das ist viel schlimmer als einer allein.
Ich will dein im Guten gedenken.
Und auch du wirst mich besser gedenken,
Als ich jetzt zu dir bin. Ich kann es nicht mehr,
Gut sein zu dir, wie ich früher gewesen.
Ich muß erst vom Hasse genesen,
Den du mir eingabst durch Treulosigkeit.
Lang lang war unsre gemeinsame Zeit,
Doch ist sie vorbei, und sie kommt nicht wieder.
Und Mai und alles und Amseln und Flieder.
Doch so groß ist mein Haß, daß ich rein nichts mehr seh,
Nichts sehn will, nichts hörn will und will nichts mehr
wissen.
Und über die Wiese treibt Pappelschnee.

Ich will allein sein und will dich vermissen.

Verzweiflung

So schwer ist das Leben. Das Alter ist schwer.
Unsre verschiedenen Alter, die es erschweren.
Jetzt heißt es, sich im Begehren verzehren.
Letzte Liebe ist Treue und weiter nichts mehr.
Und meine liebe Seele, mein Sohn, der so leidet
An der ersten Liebe, von der es ihn scheidet,
Und rast Verzweiflung und Eifersucht.
So sind wir Alten und Jungen verflucht.
So schwer ist das Leben, das Leben ist schwer.
Und ob es je leicht war, ich weiß es nicht mehr.

Musik

Ich höre eine Musik zur Nacht.
Eine Geigenmusik, die ein Geiger mir sandte,
Dessen Spiel ich seit Jahren unbekannt kannte.
Vor Zeiten hat es mir Glück gemacht.
Nun höre ich seine Musik zur Nacht
Und weiß: der Geiger weiß auch von mir.
Er las meine Spuren von weißem Papier
Und wurde von meinen Zeichen bewegt.
So wie sein Spiel mir die Seele erregt,
Zwangen ihn meine Worte zu lieben.
Er hat mir solche Worte geschrieben
Und will mir mit seinem Spiel mehr sagen.
Mysterien geschehn auch in unseren Tagen.

Reue

Das abgesteckte Revier
Meines Lebens. Das freudlose harmvolle Lieben.
Das Leiden von dir zu mir.
Wir sind aus *Eden* vertrieben
Und schleppen uns durch das Jammertal
Über öde tönende Heiden.
Miteinander haben wir keine Wahl
Als zu leiden zu leiden zu leiden.
Und kommen nicht von einander los.
Erfülln das Gesetz der sinnlosen Treue.
Unsre Torheit ist wie unser Kleinmut groß.
Und bitter die zärtliche Reue.

Damals

Könnte es noch einmal kommen,
Sollte mir der Sommer frommen.
Wieder neben dich gestellt
In der östlich heißen Welt
Beim A-ul
Dshambul.
Sieben Jahre sind vergangen.
Du bist über Eis gegangen.
Ich durch Ebene und Luch.
Heute schickst du mir dein Buch
Von der großen Nordlandfahrt.
Hast mich also doch bewahrt
Wie ich dich. Wie denn auch nicht?
Damals bin ich jung gewesen.
Schön und lustig. Im Gedicht
Ist das alles nachzulesen,
Wie die Liebe Liebe spricht.
Endlich sendest du ein Zeichen,
Ich soll dich noch wert erhalten
Und dem Druck der Zeit nicht weichen.
Also wolln wir nicht erkalten,
Sondern an den Sommer glauben,
Daß er wiederkommen kann,
Wenn die Pappeln sich belauben.
Ich die Frau und du der Mann.

Morgenwind

»Ahmed, deiner zu gedenken ...«
Diese Zeile träumte ich,
Als ich – immer träumend – schlich
An verbotnen Kaffeeschenken
Deiner schönen Stadt vorüber,
– Denn sie sind den Fraun verweigert –
Und die Liebe war gesteigert,
Brannte heller, brannte trüber.
Jahre elf warst du verloren!
Doch nun würde ich dich finden
Und dich wieder an mich binden.
Das berühmte »Neugeboren«
Sollte ich an dir erfahren ...
Ringsum glänzte es verheißend,
Sarajevo gülden gleißend
Wie vor elf und sieben Jahren,
Als ich erst- und letztmals fühlte
Jene magisch schwarze Macht ...
Aus dem Traum bin ich erwacht,
Als der Morgenwind mich kühlte.
»Ahmed, deiner zu gedenken«,
Sang die Zeile noch in mir.
Daß ich sie nie mehr verlier,
Will ich sie ins Lied versenken ...

Lavendel

Vor zehn Jahren hatte ich Lennart lieb,
Vor elf Jahren Ahmed Muhamed.
Von all meinen *aventüren* blieb,
Ich liebte Ahmed Muhamed.
Sechs Jahr lang. Als ich um Lennart litt,
Mein nordisches Abenteuer,
Ging immer Ahmed Muhamed mit.
Als balkaneskes Feuer
Hat er mir in den Adern gebrannt
Und als ein kaltes Fieber,
Wenn wer mir seinen Namen genannt,
Und keinen hörte ich lieber
Als den Namen Ahmed, das Seufzerwort,
Seufzt auf und flüstert nieder …
Und Sarajevo, der selige Ort,
Und nie mehr seh ich ihn wieder,
Ich seh meine junge Liebe nie mehr
Und die Stadt der Türme und Tauben
Und wäre doch möglich und wäre nicht schwer,
Ich müßte nur dran glauben,
Daß Ahmed die heimliche Liebe nicht
Den Spöttern preisgegeben …
Bewahr ich sie im Erinnerungslicht,
Bewahrt sie sich ihr Leben.
Doch lästert sie wer, stürzt ihr Himmel ein,
Wird sein ein bleiches Gerippe.
So aber bleibt sie von Fleisch und Bein,
Ein Falter netzt ihre Lippe
Mit Nektar aus Lavendelblau

Von tausend Bergknopfblüten
Auf Bosniens Bergen unterm Tau.
Ich will die Liebe hüten.

Zehn Jahr, ich hatte Lennart lieb.
Elf Jahr, Ahmed Muhamed.
Von allen meinen Lieben blieb,
Ich liebte, ah, Muhamed.

Die Bosnische Reise

1971

Für Lejla Husić
Rajko Nogo
Izet Sarajlić
X

I

All diese Bilder, die uns entgleiten:
Mostar. Die Berge. Die Neretva.
Unsre verschenkten Vergangenheiten:
Liebe, die nah war und doch nicht *geschah*.

Können nicht bleiben. Und fortgerissen
Von einer Strömung, die nirgendhin fällt,
Werden wir nie etwas Sicheres wissen
Über die Liebe. Und über die Welt.

2

Ich fürchtete den Verlust voraus:
Die nächtliche Herzbeklemmung.
Das sah für dich wie Kälte aus.
Wie jüngferliche Hemmung.

Ach nein, kalt bin ich leider nicht.
Und zur Jungfer fehlt mir *alles*.
Und so kam über mich dein Gesicht
Am Ende unseres Falles.

Nun bin ich nächtens wieder wach
Und leide an Herzbrennen.
Und dein Schatten geht mir nach und nach
Und läßt sich nicht von mir trennen.

3

Noch ist auf meinen Schuhn der Staub
Vom ersten Wege, den wir gingen.
Als zwischen uns die allerersten
Kontakte an zu singen fingen.
Da hast du mir das erste freche
Und unerhörte Wort gesagt:
»Lieben Sie mich! Ich liebe Sie.«
So was hat gegen mich
Noch nie ein Mann gewagt.
Und noch dazu in einer dritten Sprache,
Die keiner von uns wirklich *spricht*.
Du sagtest: »Sie gehören mir.«
Ich widersprach dir nicht.

4

Ich trag noch dieselben Kleider,
Die ich trug, als wir uns kannten.
Als wir leuchtend, lächelnd, leider,
Sinnlos ineinanderrannten.

Nie gesättigte Valenzen.
Immer wieder: bindungsfrei.
Kein Gewissen, keine Grenzen.
Reine Abenteuerei.

Oder ist es doch die Liebe?
Sind wir ohne Schuld verstrickt?
Braucht das kosmische Getriebe
Einen, der es weiterrückt?

Zwingt es uns, ihn zu erzeugen?
Schmilzt es uns zur Kugel ein?
Müssen wir uns endlich beugen?
Solln wir lieben oder schrein?

Ich trag noch dieselben Kleider,
Die ich trug, als wir uns kannten.
Als wir *beinah* unser beider
Leben hinter uns verbrannten.

5

Ich habe noch nie einen Mann geliebt
Mit schwarzen Augen und Haaren.
Und dann gibt es was, was es gar nicht gibt,
Und ich habe mich in einen verliebt:
So kommt man mit Schanden zu Jahren.

Der hat mich einfach ausgelacht
Und hat mir nur einmal gewunken.
Er hat mich mit Worten wehrlos gemacht,
Daß ich nicht mehr wußte: Tag oder Nacht.
So war ich von Lügen betrunken.

Ich habe gierig Gift geschluckt,
Starr von der schwarzen Hypnose.
Wohl hat das Gewissen in mir gezuckt.
Und ich wußte genau, daß er auf mich *spuckt*,
Wenn er Worte sagte wie: *Rose.*

Da hab ich die Freiheit der Schande gespürt
Und den Hochmut: sich fallenzulassen.
Ich habe mich selber zum Stürzen verführt
Und mich nicht zu meiner Rettung gerührt.
Und ich kann mich nicht einmal hassen.

Zwei Jahre noch oder fünf oder vier,
Dann werde ich verbleichen.
Vielleicht verneigt man sich dann vor mir,
Aber wer wird noch sagen: »Geh nicht. Bleibe hier.«
Die Liebe wird mich streichen

Aus ihrem Register. Heut wirft sie mir noch
Gelegentlich ein paar Brocken
Vom Abfall des Lebens zu: Fang sie dir doch!
Und wäre er auch dem Teufel sein Koch,
So hat er doch: *schwarze Locken.*

6

Es gibt so ein Bild: *Im Karneval.*
Der *Zöllner* hat es gemacht.
Da stehen zwei vorm Sündenfall
Am Rande einer Nacht.

Der ungeheuer hohe Mond
Und das niedere Wolkenlicht.
Und die Harlekinliebe, die nirgendwo wohnt.
Ich erkenne dein Gesicht

Und erkenne mich. Ich kannte das Bild
Lange, eh ich dich traf.
Es anzusehen schmerzte mich wild.
Was man verloren im Schlaf:

Geträumte Liebe schmerzt einen so,
Die man im Wachen nicht findet.
Und man weiß doch, es gab sie irgendwo.
Und das Leben schwindet und schwindet.

Nur manchmal hinter Masken hervor
Kommen Blicke, die uns meinen.
Und es öffnet sich das *Siebente Tor*.
Unsichtbares sieht man scheinen.

Man erkennt einen Mund. Sich kennt man nicht
In der namenlosen Stunde.
Man sieht die Maske. Und sucht das Gesicht.
Und vielleicht geht man *daran* zugrunde.

7

Die Euphorie des Hungers,
Des Frühlings und der Liebe:
Ich möchte lieber sterben,
Als daß es nicht so bliebe.
Das Hochgefühl: zu leben,
Das fast dem Fliegen gleicht.
Über dem Tage schweben,
Vom Staube unerreicht.
Völlig von Grün durchdrungen,
Die Luft verwandeln wie
Die kleinen Pflanzenlungen:
Ich atme und ich blüh
Und treibe selbstverständlich
Mein Leben, Blatt um Blatt.
Und fühle mich unendlich.
Und werde niemals *satt*.

8

Man kann die Zeiger rückwärts drehen.
Doch was bedeutet schon die Uhr?
Man kann auch jugendrückwärts gehen
In seiner eignen kleinen Spur
Und seufzend jeden Stein betrachten,
Dem man nicht ausgewichen war,
Und sorgsam auf die Wege achten.
(Man lernt ja zu mit jedem Jahr.)
Aber man kann auch rückwärts springen,
Kopfunter und mit Jugendschwung.
Man wagt es wieder, laut zu singen,
Und kennt keine *Erinnerung*.
Man fürchtet sich nicht vor der Liebe
Und ist gelassen lächerlich
Und glaubt an sich, gewiß: Es bliebe
Die Erde stehen ohne mich.
Die ewge Frechheit junger Leute
Lieb ich am meisten. Ihre Stirn,
Die *Puschkin* auslöscht. Und sagt: *Heute*
Wird diese Welt in *meinem* Hirn.
Und so bin ich zurückgesprungen
Und hab dem Alter abgesagt.
Ich habe laut und frech gesungen.
Gelebt, geliebt und blind gewagt.

9

Die Sonnenferne hinter meinem Garten.
Und jeder Morgen wär zum Fliegen gut.
Aber ich weiß: Fünf Jahre Warten
Verschaffen mir fünf Tage *Glut*.

Was ich fünf Jahre lang verdichtet
An Träumen, Trauer und an Glück
Und was ich Wort auf Wort geschichtet:
Verwandelt kommts zu mir zurück.

Überall treffe ich auf Leute,
Die mich erkennen und mich lieben.
Einen erreich ich vielleicht heute
Mit dem, was ich *damals* geschrieben,

Als ich nach einem Tod erwachte
Und wußte, was das Leben meint.
Und was mich *die* Nacht weinen machte,
Findet einst den, der mit mir weint.

Das Urgesetz: Der Zwang zur Liebe
Ist es doch, der uns alle treibt.
Und wenn ich stets nur von mir schriebe,
Wär ich doch die, die von euch schreibt.

10

Du hast dich mir so eingeprägt,
Daß du mir alles überschattest.
Auf alles ist dein Bild gelegt.
Das Lachen, das du hattest,
Verändert mir nun meine Welt.
Im Schlafen und im Wachen
Geschieht es, und mich überfällt
Dein Mund, und ich muß *lachen*.

II

Was trennt *uns* wohl? Das wissen andre.
Daß uns was trennt, ich will es glauben.
Wie ich durch eure Straßen wandre,
Sehe ich nur: Tausende Tauben.
Ich darf mich nicht symbolisch heben
Und Freundschaft oder *Frieden* schrein.
Tauben gleich Tauben. Leben Leben.
Verbrüderung: noch nicht und nein.
Ich möchte gerne bei euch bleiben,
Denn eure Stadt gefällt mir sehr.
Und kann bald nur noch an euch schreiben.
Vielleicht komm ich nie wieder her.
Obwohl es in mir widerstreitet:
Warum denn nicht? Man wird verstehn
In meinem Land, wie mich das weitet:
Mit euch zu sein, euch neu zu sehn,
Und läßt mich fahren, schickt mich wieder
Mit meinem leichten Wortgepäck.
Keinerlei Konterbande: Lieder
Bringe ich her und trag ich weg.

12

Ich habe meine Furcht besiegt
Und bin auf den Berg gefahren
Mit der Seilbahn.
Das war fast tödlich für mich.
Ich saß mit gesträubten Haaren.
Seit meiner Kindheit geht es mir so:
Mir schwindelt vor hohen Türmen,
Wenn ich sie nur von unten seh.
Und doch will ich Berge *stürmen*.
Das ist der Nutzen vom Ältersein:
Daß ich meine Ängste bezwinge.
Denn ich kann mich nicht mehr so befrein,
Daß ich meine Furcht zersinge.
Ich saß nur stumm und steinern da,
Um auf *euren Berg* zu kommen.
Und der Tod, der Teufel, grinste mir nah.
Und ich lächelte beklommen.

13

Und auf dem Berge blühten Krokusse,
Die vielleicht Herbstzeitlose waren
Und hier im Frühling blühn.
(Von niemand war das Was und Wie
Botanisch zu erfahren.)
So sah ich nur die kleinen Kelche
Aus Silberluft und lila Licht.
Bei uns wären sie Wiesenblumen.
Hier brauchten sie die Feuchte nicht.
Sie wuchsen zwischen Stein und Flechten
Den Hang hinauf und himmelan.
Aber auch aus dem Nadelboden
In einem windzerrissnen Tann.
Mir schienen sie Phantomgewächse,
Wie Spiegelungen dieser Luft,
Die so viel leichter ist als unsre:
Äther, Ozon und Sonnenduft.
Narkoseluft. Rauschluft für Leute
Wie du und ich, die lieben müssen.
Und haben nichts als dieses *Heute*
Mit Krokussen und Bitterküssen.

14

Eh ich nicht deine Gedichte kenne,
Weiß ich nicht, wer du wirklich bist.
Ob ich mich sinnlos für dich verbrenne.
Oder ob es gerechtfertigt ist.
Für uns gibt es nur *eine* Wahrheit:
In unsern Worten. Nackt. Ohne Haut.
Finde ich da über dich keine Klarheit,
Hab ich ein Haus auf Flugsand gebaut.
Nun sitz ich hier und lern deine Sprache.
Mühe mich ab und suche nach dir.
Ob du auch ackerst auf meiner Sprachbrache?
Lernst du das Deutsche und suchst du nach mir?

15

Lejla: die Nacht: ein Mädchenname.
Das Mädchen voller Feingefühl.
Gelassenheit der großen Dame
Und Eifer wie im Kinderspiel.
Für dieses Mädchen werd ich lieben
Immer das Land, das es uns gab.
Ein Teil von mir ist dort geblieben
Für den, den ich genommen hab
Von Lejla mit mir. Schön im Tausche
Erhöhten wir uns. Wert um Wert.
Aber auch nach dem Freundschaftsrausche
Der Nähe zeigt sich: Sehr vermehrt
Sind unsre Lebenssicherheiten:
Erinnerungen, rein bewahrte.
Gefühle ohne Bänglichkeiten,
Die keins von uns am andern sparte.
Sich ganz bejahen und erkennen:
Wir leben von der gleichen Luft.
Ebnen und Berge, die uns trennen:
Ein *Nichts* dem Flug. Und jene Kluft,
Die zwischen Schattenwänden lauert
Und sich um alle Grenzen zieht,
Ist das, was uns *nicht* überdauert.
Sie wird bezwungen durch ein Lied.

16

Das erste für mich gemeinte Wort
In eurem fernen Lande,
Das hat mir Rajko Nogo gesagt.
Mit meinem geschwächten Verstande
(Geschwächt von einem Tag voll Furcht
Vor der *Fremde* und vorm Fliegen)
Hab ich nach russischen Worten gesucht.
Die ließen sich schwer kriegen.
Was Rajko sagte, verstand ich gut.
Er sprach von den wichtigsten Dingen.
Sein schönes Lächeln machte mir Mut.
Ich konnte die Sprache bezwingen.
Die uns verband, die russische, war
Für uns ein geschenktes Leben.
Wir konnten uns mählich und wunderbar
Über die Teilung der Welten erheben.
Gewiß war Rajkos Lächeln schön,
Schön warn seine traurigen Augen.
Noch schöner war: ihn zu verstehn.
Und von Dichtern zu reden, die *taugen*.

17

Ich liebe deine fremde Welt.
Du bist mir sehr: ein Teil von ihr.
Nun bin ich es, die dir verfällt.
Erst schien es: du verfielest mir.

Ich bin von etwas übermächtigt,
Was für mich not gewesen ist.
Das Leben straft nicht unberechtigt.
Und wie denkst du von mir? Vermißt

Du mich? War ich dir wichtig?
Hast du gewußt, daß ich dich liebe,
Wenn ich auch sagte: Null und nichtig
Ist, was ich tat, und daß nichts bliebe

Von dir in mir. Das war verstellt.
Ich liebe dich und deine Welt.

18

Heut ist es vierzehn Tage her,
Daß wir hinab nach *Mostar* fuhren.
Mir ist, als wären es viel mehr,
Und toll geworden wärn die Uhren

Und hätten *Doppelzeit* gemacht:
Die eine, die sich mählich hinschleift.
Die andre jagt von Nacht zu Nacht.
Weil nächtlich *noch* mein Traum an dich streift.

Doch jede Nacht stürzt wie ein Stein ab
Und rollt auf den Erinnrungshügel.
Von Nacht zu Nacht wächst auf ein Felsgrab.
Und mir verkümmern schon die Flügel,

Um Hang und Grab zu überfliegen.
Ich falle bald in mich zurück
Und geb es auf, mich zu belügen.
Doch *Mostar* bleibt: Tauschwort für *Glück*.

19

Heimgekehrt von einer Liebe
Und für immer Abschied nehmend
Und dem täglichen Betriebe
Mich nur kläglich anbequemend,

Schreib ich wie auf Bilderbogen
Meine *Knüppelverse* hin:
Einer liebt – zwei sind betrogen.
(Ja: Ich *bin* aus *Neuruppin*.)

20

Und wenn ich alle Namen nenne:
Den deinen werde ich verschweigen
Und tun, als ob ich dich nicht kenne.
Ich werde meine Not nicht zeigen.

Seh ich dich wieder, werd ich lachen
Und werde sagen: »Dieser Junge?
Ist das nicht der und der? Was machen
Die Mädchen, die er liebt? Und seine Zunge:

Ist sie noch immer spitz und witzig?
Macht er noch immer Wortkrawall
Und spielt den Burschen, scharf und hitzig:
Die Welt: ein Dauerkarneval?

Mein Gott, so laßt ihn. Laßt ihn leben.
Auch wir waren ja einmal jung.«
Und niemand sieht mich dabei beben.
Ich lüge in der Dämmerung.

21

Der Tag ist abgestorben,
Denn kein Brief
Von dir kam an.
Bis dahin schlief
Der Vogel, der mich frißt.
Nun such ich, was mich retten kann
Vor dem Gedanken: du vergißt
Mich. Hast mich nie gekannt.
Da finde ich nur: meine Hand.

22

Izet, mein Freund, wir wolln bewahren
In unsern Liedern unsre Spur.
(Warn wir nicht zweimal in drei Jahren
Zusammen auf *Poetentour*?)
Denk doch: wie schrecklich: wir vergehen
Und werden alt und werden *laut*.
Doch im Gedicht werden wir stehen
Bestürzend. Jung. An Haar und Haut
Den Leuten fühlbar, die uns lesen.
Wir dringen in Die-nach-uns ein.
Sie suchen uns. Wir wärn gewesen
Für sie *die* Liebe. Und *das* Sein.
Ich will das machen. Deine Stimme
(Vor allem andern sie) soll bleiben.
Als braunen Ton der großen Imme
Im Sommer will ich sie beschreiben …
Mag sein, es trennte uns die Meinung
Zu dem und dem. Die Politik,
Die unsre beiden Länder treiben.
Was ist das gegen die Musik
In deinen Versen, die ich hörte
An jenem Abend in *Mostar*,
An der mich nicht ein Lautwert störte,
Die mir so nah und einfach war?
Ich weiß, gefährlich sind die Dichter,
Weil sie sich allzu leicht einlieben.
Und darum wachen ihre Richter,
Die ihnen gern das Urteil schrieben:

Kindsköpfig, weltfremd, ichbezogen.
Stete Gefahr fürs *Vaterland*.
Aber von mir wär das gelogen.
Und *dich* hab *ich* als Freund erkannt.

23

Ich habe eine Kindermoral:
Sauber getrennt Gut und Böse.
Jetzt falle ich von Qual zu Qual,
Verliere den Glauben und löse
Mich von den *reinen Sitten* ab,
Die ich so lange gehalten.
Wenn ich zum Ende gesündigt hab,
Setze ich mich zu den *Alten*.

24

Du warst der erste Mann, der über mich *bestimmte*.
(Wenn du auch nur ein Junge bist.)
Das war es, was mich gegen dich ergrimmte.
Darum hab *ich* dich *nicht* geküßt,
Obwohl mich sehr danach verlangte,
Von meinem Willen abzusehen,
Und ich bis hin zum Ende bangte:
Ich würde dir nicht widerstehen.

25

Nimm deine Stimme von mir. Laß das Flüstern
Aus dieser Ferne zu mir her.
Jetzt kannst du mir mein Leben nur verdüstern.
Erhellen kannst du es nicht mehr.

26

Ich habe mein Porträt geschminkt.
Und meine *Maske* ist mein Lachen.
Und für mein Bein, das schmerzend hinkt,
Werde ich lange Kleider machen.
Ich kann es einfach nicht ertragen,
Dem Leben schwächlich zu begegnen.
Und die mir: »Wie Sie jung sind!« sagen,
Will ich für ihre Worte segnen.
Doch sollt ihr mich nicht fragen: »Woher
Kommt es, daß Sie viel jünger scheinen
Als Sie tatsächlich sind? Alt sind Sie sehr!«
Es könnte sein, ich würde weinen.
Weil es um diese Liebe wär.

27

In unserm Schlag eine einzelne Taube
Ruft vom Morgen bis in die Nacht.
In einer Welt, die völlig verpaart ist,
Ist sie der Schrei, der erbleichen macht.

28

Nur schreibend kann ich mich erheben.
Ja, ich weiß sehr genau, wie lächerlich
Und schändlich für mein ganzes Leben
Die Liebe ist, die mich umschlich
Und schließlich giftig in mich eindrang.
Schwarze Magie. Wortkabbala.
Ich weiß nicht, welchem Zauberstamm *er* absprang.
Begreife nicht, was mir geschah.

29

Aber nun will ich mich *wirklich* erheben
Über das dumpfe Verlustgefühl
Und nicht so tun, als hätte mein Leben
Nur diese kleine Liebe zum Ziel,
Die Sensation, Haut an Haut sich zu halten,
Immer im Sturze vom Segen zum Fluch,
Unterworfen den alten Gewalten
Aus dem biblischen schrecklichen Buch.

30

Amselstimmung:
Das ist, wenn am Abend
Die Amsel nach einem Regentag singt
Und aus der endgültig offenen Erde
Der erste grüne Geruch zu uns dringt.

31

Auf Reisen fällt man immer in Verliebtheit.
Die Reisestimmung ist so trügerisch.
Es lieben alle alten Damen
Und lächeln frisch-verführerisch
Den Fremdenführer und Studenten,
Den Fahrer und den Kellner an,
Lechzen nach Standard-Komplimenten
Und trauern heimlich: Als *der Mann*
Noch für sie da war (all die Männer
In ihrer Jugend!!!!) blieb er ungenutzt.
Sie haben *ihn* gemustert wie Roßkenner
Und sich dann doch nur aufgeputzt
Und kalt gespiegelt in den Blicken,
Die gierig nach Berührung waren …
Hoheitsvoll-anmutiges Nicken.
(Zitternder Kopf mit falschen Haaren.)

32

Ich fühle so gefährlich, daß das Wetter
Sich nach mir richtet: fast ist Mai,
Und es schneit flockig. Windgeschmetter
Statt Frühling und: *Tandaradei.*
Und eine Kälte! Du dort drunten
Wirst puren Frühling haben. Großes Licht
Auf euren Straßen und den blumenbunten
Bergen. (Ihr habt ein Blumenland, wir nicht).
Die Nächte werden warm sein. Und was wirst du treiben?
Gehst du mit meinem Schatten nachts umher?
Zwingt dich die Liebe, mir zu schreiben?
Küßt du dein Mädchen? Oder ist dir schwer?

33

Buchstäblich alle Schönheiten
Verwandeln sich in *Attraktionen*.
(Der Hunger auf die Schönheit muß
Wohl tief im Menschen wohnen.)
Noch war es Frühling. Die *Saison*
Hatte noch nicht begonnen.
Doch schienen Berg, Burg und Balkon
Sich schon *bezahlt* zu sonnen.
Die schmerzhaft schöne alte Stadt,
Das Felsennest am Flusse:
Wie eine Braut, die Auftrag hat
Zum *öffentlichen* Kusse
Und keusch sein soll und ist es auch
(Eigentlich und tief innen)
Und opfert sich für den *Gebrauch*,
Um den Liebsten zu gewinnen.
Man leidet um sie, und man schließt
Die Augen, und man wendet
Sich ab und denkt: Wer *das* genießt,
Der weiß nicht, wie das endet …
Es endet, wie es enden muß:
Mit der seelenlosen Grimasse.
Und die Lippen, lächelnd im Dauerkuß,
Verzerren sich im Hasse.

34

Das war die Schönheit, die die Kehle einzwängt.
Doch noch viel schlimmer sind die Toten,
Die einem nichts und niemand aufdrängt.
Noch eben tranken wir vom roten
Wein, der ihnen schwarz heißt. Ach, die Sitten,
Das lernt sich leicht. Doch wenn da mitten
In einer Stadt ein Berg ist, wo sie liegen,
Die Ungealterten, die sich verschwiegen,
Wenn da nicht eine Stimme wäre,
Der eignen Erde eigne Stimme,
Die mit der Quelle aufsteigt und das Schlimme
Den Berg hinunter sanft berichtet …
(Schwellen hat man ihr vorgeschichtet,
Daß sie verhalten kann und singen.)
Hier möchte man ein *Opfer* bringen.
Das ist so sanft und schreit nach Sühne.
Und ist zur Sühne viel zu schwer.
Und unvereinbar mit uns.
Wie die Düne
Mit dem in Wahrheit uferlosen Meer.

35

Versöhne mich mit meinem Leben.
Mach meine Ohren wieder frei
Und laß mich meine Augen heben
Von der Gespenstertyrannei.

Gib mir mein altes Lächeln wieder,
Das Kinderglück am reinen Tag.
Und gib mir grünbelaubte Lieder
Am Drosselmoor beim Lerchenschlag.

36

Arim, der Araber aus Sarajevo,
Student der Baukunst, der ein deutsches Mädchen liebt.
Ich habe nicht gewußt, daß es so schöne Menschen
Nicht nur auf Fotos, sondern wirklich gibt.
Nicht nur die Schönheit dieses Jungen wundert
Mich so sehr. Sein Gesicht
Wär vielleicht eines unter hundert,
Hätte es diese *Reinheit* nicht.
Das deutsche Mädchen muß ihn lieben.
Vor dieser *Macht* hat es gar keine Wahl.
Ergebenheit, Entsagung – schließlich blieben
Im andern und im einen Falle Qual
Und Tränen in der Waage
Mit der erhöhten Blutdruckzeit: dem Glück.
Sie wird mit *ihm* gehn bis zum Tage,
Da sie so blind sein wird, daß sie zurück
Nach Deutschland will, wie all die andern
Verzückten Mädchenfraun, die lieben gingen
In so ein fernes Land. Und wollten wandern
Zu Fuß heimzu, am Ende. Doch von Dingen
Wie diesen weiß Arims Mädchen nicht.
Noch fühlt sie: Schönheit, Liebe, Licht.
Und sie heißt Karin. Und sie kann nicht
Mehr ohne ihn sein – so sagt er.
Er spricht mit mir. Nicht wie ein Mann spricht.
Das, was er fühlt, macht ihn so schwer,
Daß er im Traum spricht, wie die Kinder,
Die überbürdet sind vom Tage.
Er sieht nach innen wie ein Blinder.

Und sinnlos wäre jede Frage:
Hat diese Kinderliebe Sinn?
Wer bilanziert Verlust, Gewinn
Der Liebe elektronisch aus?
Noch immer will sie: *Leib* und *Haus*.

37

Und wieder warte ich wie alle Tage,
Wenn ich gleich weiß, daß es ganz sinnlos ist.
Ich sag mir einfach: du bist in Italien
Und nicht, daß du mich skrupellos vergißt.

Ich bin mir selbst ein Ungeheuer
An Narrheit und studiere mich:
Lebendig werf ich mich ins Feuer.
Warum? Wozu? Wie widerlich

Das Schauspiel ist, das ich aufführe:
Ich warte auf ein Wort von dir,
Als könnte dieses Wort mich retten.
Und du fragst längst nicht mehr nach mir.

38

Merkwürdig ist die Speicherweise,
Mir der wir uns die Welt einleiben.
Meist sind die Dinge klein und leise,
Die deutlich in uns stehen bleiben:

Am ersten Tag in *Sarajevo*,
Nach einer Wandrung hügelan
Über den Markt hin (in die Nähe
Von jener *Seil*- und *Schreckens*bahn)
Kamen wir zu dem alten Friedhof
Am Wege, wo die Moslem liegen.
(Sie liegen immer an den Wegen).
Wir saßen, sahn hinab und schwiegen.

Lejla (und immer wieder Lejla),
Lejla erklärte uns die Zeiten:
Wer unterm ersten Grabstein läge,
Wer unterm dritten, unterm zweiten.
Warum sie an den Wegen liegen:
Damit die für sie beten sollen,
Die da vorübergehn. Die vollen
Straßen sind die besten.
Sie liegen nah bei Markt und Festen,
Ganz dicht am Heute und am Hier.

Die Sonne. Lejlas Psalm. Vor mir,
Talabwärts, tanzt der Markt.
Und eine Zwergin, grell im Lichte,
Entsetzt mich: Habe ich *Gesichte*?

Ich bin wie aus der Welt geraten.
Und elfische, verwünschte Taten
Könnten geschehn, wenn ich den Bann nicht sprenge.
Wenn dieser Zauber mich bezwänge …

Der Markt: die Welt. Die Bauernpferde
Stehn demütig im Straßenstaub,
Nachdem die Bündel aufgeschnürt sind.
Wurzel und Rinden, Kraut und Laub:
Jahrtausendalte Hirtenweisheit
Als säuberliches Angebot.
In offnen Leinwandsäckchen warten
Die Mittel gegen Schmerz und Tod.

Wie ich die Märkte unterm Himmel
Geliebt habe und immer liebe.
In meiner Kindheit das Gewimmel
Am Markttag und das Dorfgetriebe,
Das die Gemüsefraun mitbrachten,
Die alten, weisen Gurkenfraun,
Die über die Rezepte wachten
Und flüsterten: »Nur im Vertraun …«

Der Markt in *Jalta*: In *Tbilissi*
Der wilde leuchtende Bazar …
Und immer ist in mir die Trauer
Um das was wird und das was war …

Die Farben und die Früchtefülle.
Süßdüfte und der Beizgeruch
Von Lauch und Schaffleisch. Wir im Norden
Leben mehr nach Gesetz und Buch.
Farben und Formen gehn zugrunde,
Es triumphiert das *DIN-Format*.

Schonkost für Kranke und Gesunde
Steril in Plaste. (Der Salat
In meiner Kindheit schmeckte *wilder* …
Damals schmeckte er wirklich *grün*.)
Wir kriegen nur noch Abziehbilder
Von allem. Und es blühn
Weniger Blumen heut als früher ….

Wo sind die *Goldlacksträuße* hin?
Die kleine Duftgroßmacht *Reseda*,
Der simplen *Nelke* reiner Sinn,
Die süße Seele der *Levkoje*,
Das Honigherz im Blütengrund
Der alten pflaumenblauen *Lilie* –
Das schlicht gebundne Blumenbund,
Die Pfennigfreude, ist verschwunden.
Kunstblumen haben sie verdrängt.
Der diese *Kunstblumen* erfunden,
War lebensfeindlich und beschränkt …

Die Samtblumen der alten Frauen,
Die *Rummelblumen*, waren Kunst.
Sie waren Fantasiegebilde:
Ein bißchen Draht und blauer Dunst.

Die heute wollen uns einreden,
Sie wären *echt* und *wie Natur*.
Sie sind die Negation von allem –
Leben und Kunst – auch nicht die Spur …

Aber wie grausig: Dieses Nichtsein,
Die pervertierte Daseinsform
Der Blumen als geäfftes Leben,
Hat sich mir schon als *Übernorm*

Ins Hirn gezwungen. Und beim ersten
Blumenbazar, den ich entdeckte,
Erschreckte mich der Farbenschwall:
Ich provinzielle Närrin glaubte,
Daß es bei uns wie überall
Und überall wie bei uns wäre,
Und künstlich wärn die roten Rosen,
Künstlich die Hyazinthenmeere,
Maiglöckchen, Goldlack und Mimosen …

Als ich sie leben sah, verschlugs mir
Die Sinne. Und mich überwand
Die blinde Liebe zu dem Land hier,
Mit dem mich vorher nichts verband …

39

Für ein, zwei Tage hat mich die Gestalt
Des Marktgedichtes so beschäftigt,
Daß ich getröstet war über dein Schweigen.

Und auch mein Glücksanspruch hatte Gewalt,
Denn er schien groß und neu bekräftigt
Aus den beschwornen Bildern aufzusteigen.

Ich war dir nah, ohne dir nah zu sein,
Ohne dich einmal laut zu nennen.
Du gingst in meinen Versen hin und wider.

Zwei Tage war ich groß, jetzt bin ich klein
Und kann dich fast nicht mehr erkennen.
In Finsternis versinkend, sing ich Kummerlieder.

40

Wiege mich, Maiwind, wiege mich.
Mache mich leicht, dann fliege ich.

Wärme mich, Sonne, wärme mich.
Schläfre mich ein, ich härme mich.

Grünet, Gräser, umgrünet mich.
Was ich gesündigt hab, sühnet sich.

41

Ich hab ein ganzes Leben gegen dich zu setzen.
Nicht nur ein Leben: eine Welt.
Mein Alter. Und auch meine Treue,
Die bis hinaus zum Ende hält
Und einem andern gilt. Dem *einen*,
Um den die Welt entstanden ist.
Und so wie ihn bejah ich keinen.
Ich weiß nicht, was du für mich bist,
Und mir ist gänzlich unverständlich,
Daß du mir neu Gesetze gibst.
Und warum fühl ich mich nicht schändlich
Und will so sehr, daß *du* mich liebst?

42

Natürlich ist es deine Jugend
Und ist es meine Angst vorm Tod,
Die mich zu dir treibt. Keine Tugend
Rettet uns vor der Lebensnot.
Die Höllen muß man selber leiden,
Wenn man sie auch schon vorher weiß.
Die Jahre kann man nicht vermeiden.
Und ihren festgesetzten Preis
Hat die Erfahrung. Und wie gerne
Hätte ich diese nicht gemacht.
So aber suche ich die Sterne.
Und es ist Mai. Und es ist *Nacht*.

43

Totsein ist nicht so furchtbar wie Verwelken
Mit dem Gefühl: du hattest nicht dein Teil.
Du wolltest Rosen und bekamst nur Nelken.
Und eine Stimme flüstert: Eil
Und such. Vielleicht ergibt sich
Das Leben dir zum letzten Mal.
Und einer ist so blind und liebt dich
Und fragt dich nicht nach Jahr und Zahl.
So geht es allen. Und benennen
Kann ich den Zustand ebenso wie ihr.
Nur wagt ihr nicht, ihn zu bekennen.
Das unterscheidet euch von mir.

44

Es gibt nur wenige, die auf mich wirken.
Die meisten Männer sind für mich *neutral*.
Das kommt wohl aus Geheimbezirken
Und unterliegt nicht unsrer Wahl.
Wahl ist Bewußtsein und will Dauer.
Man baut und man gewinnt sich Land.
Man findet Tröstung in der Trauer
Und hat zur Hilfe eine Hand.
Das Glück ist groß. Wenn auch gefährdet.
Wie alles andre unterliegt
Es Elementen. Ungeerdet,
Den Blitzen offen und bekriegt
Von einem Weltall, das sich wandelt
Und ständig neu gestalten muß,
Wird dieses Glück manchmal verhandelt
Für eine Nacht und einen Kuß.

45

Noch kann ich dich heraufbeschwören.
Ganz materiell. Du kommst mir nah.
Der Mond scheint. Ich geh durch den Garten.
Und plötzlich stehst du vor mir da.
Ich bin so sicher, daß es sein muß.
Und es fehlt nur ein halber Schritt,
Und ich werd dich für immer halten
Und nehm dich in mein Leben mit.
Und diese Unterschiede fallen:
Was Alter, Sprache und Nation?
Wir wissen nichts mehr von dem allen.
Und deine Stimme hat den Ton,
Auf den mein Ohr hört. Und die Worte,
Die uns noch fehlen, gelten nichts.
An diesem oder jenem Orte
Verwandeln wir den Laut des Lichts
Für uns in Lächeln und Gesang.
Der Mond scheint. Ich geh durch den Garten.
Du fliehst vor mir den Weg entlang.

46

Seit ich dich kenn, schlaf ich nicht ein,
Ich hätte denn an dich gedacht.
Doch alles scheint wie sonst zu sein,
Und wenn es Tag war, wird es Nacht.

Wenn mir dein Bild verbleichen würde
Und nur ein kleiner heißer Kreis
Rückbliebe als Erinnrungsbürde:
Ich geb dich niemals niemals preis.

Die späte große Glückserfahrung
Der Sinnenliebe dank ich dir.
Flüchtig wie eine Falterpaarung.
Einmal nur einmal *waren* wir.

Du bist die Möglichkeit geblieben,
Bist meines Lebens offne Stelle.
Ich will dich suchen und dich lieben
Wie einst am Tag der *Bosna-Quelle*.

47

Das war da, wo für euch die Welt begann.
Aus diesen Quellen kommt für euch das Leben.
Für Fluß und Land fängt es hier an.
Name und Sein wird *hier* gegeben.
Die Bosna-Quellen, Bosna, *Bosnien*.
Nicht als ein Wässerlein, als Element
Und Allgewalt kommt dieses Wasser.
Es kocht, als wenns im Berge brennt.
Und rast und stürzt. Die Explosion
Der Urkraft, die Verwandlung will.
Der Erdgeist schreit mit Mega-Phon ...
Wir waren wie betäubt und still.
Die Wasser schienen uns ein Schicksal,
Das ungerührt vorübergeht.
Sie reißen mit bei ihrem Absturz,
Was ihnen naht. Fällt oder steht
Es? Kein Verweilen
Und keine Möglichkeit: zurück.
Wenn sie auch ziellos sind: sie eilen.
Grundlos und unbewußt. *Das* Glück
Wurde uns Menschen nicht gegeben.
Nicht eine Stunde warn wir frei
Von deinem und von meinem Leben.
Die Wasser falln. Vorbei. Vorbei ...

48

Daß man *so* leiden kann und lachen,
Ist eine Sache, die sich lernt.
Man lernt sie spät. Nach andren Sachen.
Und fühlt sich dabei wie entkernt.

Ich könnte fallen und im Staube
Liegen und weinen wegen dir.
Doch alles, was ich mir erlaube,
Ist ein Gedicht von drei mal vier,

Das ich hinter dem Lachen bete.
In meiner Kehle stockt es heiß.
Die Stirn ist glatt. Aber ich knete
Die Worte. Und ich zahl den Preis.

49

Beim großen Mond (Maimond und Liebe):
Wenn wir uns auch nie wiedersehn:
Verrate mir nicht meine Träume.
Mach, was geschah, nicht ungeschehn.

Du mußt mir schreiben und mir sagen:
Something has changed. Verwandelt ist
Dein Leben ebenso wie meines.
Daß du durch mich *geworden* bist.

For my whole life. Mein ganzes Leben
Werd ich das Muster deiner Hände
Und die Musik deiner Bewegung
Bewahren. Noch vorm Ende

Werd ich dich mit der Seele suchen
Und werd dir eine Wärme sein,
Grundlos und nicht genau zu buchen.
Beim großen Mond: *so you are mine.*

50

Nun wollt ihr wissen: Ist das wahr,
Was *dieda* schwatzhaft aufgeschrieben?
Hat *die* (mit ihrem grauen Haar!)
Sich wirklich schamlos rumgetrieben?

Woran soll man noch glauben können,
Wenn *deutsche Fraun* sich so benehmen
Und wild durch fremde Welten rennen,
Anstatt sich unsrer zu bequemen?

Was sucht denn *die*? Ich *suche* gar nicht.
Doch *finde* ich. Manchmal im Feld.
Manchmal im Stadtgefels. Stern – oder – Sparlicht.
Manchmal die Liebe. Manches Mal: Die *Welt*.

Das Gras von Mostar

1974

Das Gras von Mostar weht in mir …
Plötzlich war *neben meinen Augen* Gras.
Und mich verlangte so nach dir.
Aus Liebe. Und noch mehr aus Haß.
I suffered so, enemy-friend,
Phantom, du Schatten meiner Seele …
Where's no beginning, there's no end …
Niemand gehört das, was ich stehle.
Und mit der *Immerzeit* von Gras,
Das kommt und geht und grünt und grau wird
Und wieder grün, so wächst etwas
In mir, die sich als Frau irrt,
Doch nicht als Dichter. All mein Recht
Wird mir im Wort. Ob gut, ob schlecht:
Das Wort hat *seine* Wirklichkeit.
Ohne Verpflichtung ist das Licht.
Das Gras hat seine eigne Zeit.
Das Gras im Wind. Und mein Gedicht.

* * *

Drei Jahre ist es her, da gingen
Wir beide durch die alte Stadt.
Das war ein Gehn so wie ein Singen.
Und nicht nach Noten. Nicht vom Blatt.
Für mich war schon die Frist vorbei.
Eigentlich. Wo man Liebe findet.
Und hinterm Lächeln war der Schrei,

Den man mit der Grimasse bindet.
Da fiel der Schatten *Ewigkeit*
Von dieser Stadt auf mich. Das war kein Sehen.
In mir war keine Heiterkeit,
Um Ewigkeiten zu bestehen.
Ich sah nur dich. Deine Bewegung
Verdunkelte den Fluß der Zeit.
Ich kämpfte gegen die Erregung.
Und dann verregnete mein Kleid
Von jenem Regen, der nicht ausbleibt,
Wenn uns Verzweiflung überfällt,
Und der uns frierend in ein Haus treibt
Und uns verlangt es nach der *Welt*.

* * *

Nun aber kam ich wieder her.
Und wieder bist du mir im Lichte
Und schwärzt mein Blut und machst es schwer
Und mischst dich ein in die Geschichte,
Zu der mein Leben wird und die *ich* schreibe.
Ich aber schweige dich hinaus.
Ich will die Stadt. Auf daß *sie* bleibe,
Schwör ich dir ab. Lösch ich dich aus.

* * *

So wie der Wind das Gras bewegt –
Man sagt: siehst du den Wind da gehen.
Doch hat sich nur das Gras gelegt.
Die Winde kann man ja nicht sehen –
So will ich durch die Straßen gehen
Nur als Bewegung. Mein Gesicht
Soll man nicht sehen. Ich will *sehen*.

Die Offenbarungen von Licht
Am Ostermorgen in Mostar.
Demütig macht sich mein Gedicht
Für das Jahrtausend und das Jahr ...

* * *

Legenden sind heraufgekommen.
Die Brückensteine atmen kühl.
So wird gegeben, wird genommen.
Die Füße haben ein Gefühl
Für jene Muldungen in Steinen,
Die erst nach Aberzeit entstehn,
Nach Tausenden von Sonnenscheinen,
Nach tausend Regen, die vergehn,
Und nur Millionen Füße schleifen
So Mulden in gewölbten Stein ...
Etwas will mich beim Herzen streifen ...
Irgendwo rasselt ein Gebein.

* * *

Musik! Die Konfektionsmusik,
Die südlich lügt leichtfertig Liebe.
Gefühl aus der Gefühlfabrik:
Ach, daß die Liebe ewig bliebe!
Im Wächterhaus beim Brückenbogen
Sind als *Touristenattraktion*
Music und *coffee* eingezogen.
Noch ungenutzt heut. Wer reist schon
So früh im Jahr? Ich, auf der Brücke,
Schließe die Augen und entschwebe
Und finde die Bewußtseinslücke,
In der ich fühle, daß ich lebe,

Schmerzhaft, wie sonst nur Wollust scheint,
Jene Sekunde zwischen zweien,
Die Unvereinbares vereint.
Stille, in der die Täuber schreien,
Und die das Wasser stiller macht,
Das fließt und fließt. Ewig ist Wasser.
Ewig der Tag. Ewig die Nacht.
Wir aber sind nur die Verfasser
Von Epigrammen, die uns gegen
Die Ewigkeit behaupten sollen.
Die wir uns nach Gesetz bewegen …
Was wir nicht anerkennen wollen …

* * *

Ja, ich bin einverstanden! Heute,
Am Ostermorgen in Mostar,
Rundet mein Leben sich. Mich reute
Bis heut manches, was war und was nicht war.
Das ist nun ausgelöscht. Ich habe
Erfahren, was man wissen *kann*.
Alles, was nun kommt, ist Zugabe.
Heute fängt etwas Neues an:
Ich will nur Kraft sein, wie der Wind
Die Gräser unterm Licht bewegt.
Und endet das, was heut beginnt,
So sagt: der Wind hat sich gelegt.
Sprecht nicht von mir als der Erscheinung,
Die sichtbar *war*. Denn mein Gedicht
Bleibt als lebendige Verneinung:
Das Gras von Mostar weht im Licht.

* * *

Überall Kinder. Kinderbeine
Eilen und eifern mir vorbei.
Und meine Rührung fällt auf reine
Gesichter. Einerlei,
Wer Kinder sind und wo sie wohnen,
Wenn man sie pflegt, sind sie auch schön.
Etwas *muß* sich im Leben lohnen.
Und das ist: Kinder wachsen sehn.

* * *

Weißstrümpfig, weißbeärmelt, Röckchen
Aus Schottenstoff und in der Hand
Ein Fähnchen. Und ein Glöckchen
Bimmelt: Tand,
Tand ist alles. Ihr vergeht …
Die Kinder eilen. Eine Alte
Verneigt sich vor dem Gräberbeet,
Gezwängt in eine Mauerspalte,
Wo weiße Dulbandsteine stehn:
Erinnrungsgnome. Drüber wehn
Südslawiens Fahnen. Denn der *Marschall*
Durchfährt heut Mostar. Ostern ist
Für alle Christen auf dem Erdball.
Nach Mostar kommt der *Kommunist*,
An den man *glaubt*. Die Muslim hier,
Die Orthodoxen weiter oben
Nach Norden zu, sie sagen *Wir*
In seinem Namen. Und sie loben
Ihr Land in seinem Namen. Wer vergißt,
Was einmal hier gewesen ist,
Versteht das Land nicht. Steine schrein,
Ach nein, sie lispeln es zu Tal

Im Quellwasser: Viel könnte sein,
Doch allzuviele warn einmal ...

* * *

Die Amsel singt. Und in den tiefen
Gärten entlang der Neretva
Erwachen Düfte, die noch schliefen,
Als ich frühmorgens auf sie sah.
Kirschbäume blühn. Und Paradeiser
Sind schon gepflanzt. So dunkelgrün!
Manchmal wünscht man, man wäre weiser
Und pflanzte auch all sein Bemühn
So in die Erde, und man zöge
Ein Krauthaupt für den eignen Tisch,
Als daß man unsichtbare Tröge
Unsichtbar füllt verschwenderisch ...
Glyzinienüberfall auf Mauern:
Lichtlila. Orgie in Blau.
Stufen vom Jubel bis zum Trauern:
Die ersten Blüten sind schon grau.
Die Türkentäuber rufen tödlich
Nach Liebe: wo bist du, bist du?
Gefirnte Gipfel sehen rötlich
Dem ewig gleichen Tage zu.

* * *

Die Leute holen Milch und Brot
Und Zeitungen. Ein großer Junge
Will angeln gehn. Doch er hat Not
Mit seinem Hund, der mit der Zunge
Zur Jungenhand spricht: nimm mich mit,
Bis ihn ein Stein vermahnt: du bleibst!

Der Hund fällt zögernd aus dem Schritt
Und hofft und wartet: du vertreibst
Mich doch nicht wirklich? Nur ich sehe
Das Drama, das der Hund erleidet.
Ich Fremde kenne das und stehe
Wie eine Frau, die Hunde weidet,
Neben ihm auf der Morgenseite
Der Straße, bis er sich entfernt.
Wie ich ihn mit dem Blick begleite,
Scheint mir, er hat etwas gelernt,
Was er nicht mehr vergessen wird …
Und hoffe doch, daß er vergißt …
Wie oft hofft man, daß man sich irrt.
Daß keiner schlecht gewesen ist …

* * *

Die Männerwelt in Kaffeeschenken:
Südliche Zucht: die Fraun ins Haus!
Die Frauen scheint das nicht zu kränken.
Sie nehmens hin, sie haltens aus.
Da wirkt jahrhundertalte Sitte
Der Moslems, die den Mann erhöhte.
Die Zeit geht ihre schweren Schritte.
Nur schleppend folgt sie dem Dekrete,
Das Gleichheit vorschreibt dem Geschlecht,
Das niemals schwach gewesen ist.
Doch gültig ist nur jenes Recht,
Das man sich nimmt, weil mans vermißt.
Mich stört das sehr. Hier werde ich
Emanzipiert und kämpferisch.
So wär der Süden nichts für mich.
Ich fordre meinen Platz am Tisch,
An dem die Männer sitzen. Liebe

Wird nicht verlangt. Freiheit ist mehr.
Aber mag sein, ich unterschiebe
Falsches Gefühl und nehme schwer,
Was leicht genommen werden will.
Vielleicht willkürn die Fraun im Haus,
Und ihre Männer schleichen still
Und unterdrückt zum Tor hinaus
Und warten Kaffee trinkend drauf,
Daß man sie heimheißt zum Empfang …
Die andre Welt schließt sich nicht auf
Auf einen Blick, auf einen Gang.

* * *

Der Fremde sieht nur Einzelheiten.
Zusammenhang und Untergrund,
Das Zellgeweb von Tag und Zeiten
Erkennt er nicht. Nur Bilder, bunt
Und rätselhaft, kann er erfassen
Und filtert sie durch sein Gesicht.
Urteilen soll man unterlassen.
Auch uns daheim gefällt es nicht,
Wenn einer uns ein Urteil gibt,
Lässig und ohne uns zu kennen.
Nur wo man mitleidet und liebt,
Darf man des andern Fehler nennen …

* * *

So wie der Wind das Gras bewegt –
Man sagt: siehst du den Wind da gehen,
Doch hat sich nur das Gras gelegt,
Die Winde kann man ja nicht sehen –
So bin ich ein- und ausgegangen

Am Ostermorgen in Mostar.
Die Stadt hat in mir angefangen
Und das Jahrtausend und das Jahr.
Ein Baum ist in mich eingedrungen,
Den ich niemals vergessen werde.
Und Kinder haben da gesungen.
In einem Garten dieser Erde.
Und andre Gärten, herzzerreißend,
Von Teppichgröße, überdacht.
Und ein Bazar, von Feuchte gleißend,
Man hat das Grünzeug frisch gemacht,
Und Sonne schärft die Lustgerüche
Des Lauchs. Und die Radieser glühn.
Und neben Würzen für die Küche
Der dunkle Lilientod, das Blühn …
Und in mir wölbt sich auf die Brücke.
Und ihre Pfeiler fassen fest,
Und eher bricht man *mich* in Stücke,
Als sich *die* Brücke brechen läßt …
Aus nichts ist sie gemacht: aus Wind.
Vorm Wind hat sich der Stein gelegt.
Was niemals endet, das beginnt …
So, wie der Wind das Gras bewegt.

Inhalt

Eva Strittmatter

Der Schöne (Obsession)

Gedichte

84 Seiten
Gebunden mit Schutzumschlag
ISBN 3-351-02388-X

Wie einen klinischen Fall, mit gnadenlosem Blick betrachtet die Dichterin ihren Zustand: sie liebt. Ohne Gegenliebe, ungehörig, wider alle Vernunft und Einsicht. Sie erfährt die zerstörerische Kraft der Liebe, die sich nicht entfalten kann, aber auch den Rausch aus dem Gefühl intensivsten Lebens. Zwischen diesen Polen reiben sich die Empfindungen, voller Widersprüche und Leidenschaft. Die Dichterin bringt sie in Worte, die den Schmerz festhalten und gleichzeitig bannen. Sie macht die geheimen nächtlichen Kämpfe zum Gegenstand ihrer Poesie. In beeindruckender Offenheit, minutiös wie ein Tagebuch, beschreibt sie die Chronik einer Obsession.

Aufbau-Verlag

Eva Strittmatter

Zwiegespräch

Gedichte

132 Seiten
Band 1323
ISBN 3-7466-1323-X

»Ich bin ich«, heißt es in diesen Gedichten: mal trotzig-entschlossen, mal vorsichtig tastend, als wäre da schwankender Boden zu betreten, als wäre das Ich-Sagen behutsam einzuüben. Die hier spricht, kennt sich und ihre Rolle genau, ihre Pflichten im Alltag der Gewohnheit. Aber da gibt es noch das andere Ich, das ausscheren möchte aus den Konventionen, die Häute abstreifen, leicht sein und einfach leben: im südlichen Licht, in der Freude am kleinen Brennnesselgrün oder in der heimlichen Freiheit der Einsamkeit. Die Gedichte erkunden Erfahrenes, Gewonnenes oder Verlorenes nach ihrem Wert für das eine oder für das andere Ich. Sie zeigen seismographisch die Spannungen dieses polarisierten Lebens an – sind ihr Preis und ihr Produkt.

AtV

Aufbau Taschenbuch Verlag

Eva Strittmatter

Mai in Piešťany

213 Seiten
Band 1320
ISBN 3-7466-1320-5

Im slowakischen Kurbad Piešťany treffen Eva und Erwin Strittmatter wie immer eine bunte, zusammengewürfelte Gesellschaft an. Eva Strittmatter ist eine genaue, unbestechliche Beobachterin, wenn sie diese Verwirrung von Welten und Werten beschreibt. Mit fast unheimlicher Konsequenz, von bohrenden Selbstzweifeln getrieben, gleiten diese Assoziationen über zu den schmerzhaftesten, brennendsten Fragen der eigenen Existenz, für die sie sich kein Ausweichen mehr gestattet: Wo liegen Schuld oder Recht, wenn es um den Anspruch auf den eigenen Weg geht? Was bleibt, wenn man, dem anderen zuliebe, sich reduziert, auf Freiheiten verzichtet, die man braucht, damit man schreiben kann?

AtV

Aufbau Taschenbuch Verlag